中國語言文字研究輯刊

二一編

許學仁 主編

第8冊

甲骨氣象卜辭類編（第六冊）

陳冠榮 著

花木蘭文化事業有限公司

國家圖書館出版品預行編目資料

甲骨氣象卜辭類編（第六冊）／陳冠榮 著 -- 初版 -- 新北市：
花木蘭文化事業有限公司，2021〔民 110〕
目 18+184 面；21×29.7 公分
（中國語言文字研究輯刊　二一編；第 8 冊）
ISBN 978-986-518-661-6（精裝）
1. 甲骨文 2. 古文字學 3. 氣象 4. 研究考訂
802.08　　110012600

ISBN-978-986-518-661-6

中國語言文字研究輯刊
二一編　第八冊　ISBN：978-986-518-661-6

甲骨氣象卜辭類編（第六冊）

作　者　陳冠榮
主　編　許學仁
總 編 輯　杜潔祥
副總編輯　楊嘉樂
編　輯　許郁翎、張雅淋、潘玟靜　美術編輯　陳逸婷
出　版　花木蘭文化事業有限公司
發 行 人　高小娟
聯絡地址　235 新北市中和區中安街七二號十三樓
電話：02-2923-1455 ／傳真：02-2923-1452
網　址　http://www.huamulan.tw 信箱 service@huamulans.com
印　刷　普羅文化出版廣告事業
初　版　2021 年 9 月
全書字數　451664 字
定　價　二一編 18 冊（精裝）　台幣 54,000 元

甲骨氣象卜辭類編
（第六冊）

陳冠榮 著

目次

第三冊

第四冊

第五冊

第六冊

第三章　甲骨氣象卜辭類編——雲量卜辭彙編

第一節　啟

貳、表示時間長度的啟

一、征啟

（一）征啟

著　錄	編號／【綴合】／（重見）	備　註	卜　辭
合集	13132		貞：征攷。

合集	13133 正		貞：不其征攼。
合集	13134（重見 40324）		貞：不其征攼。
合集	24161		（4）貞：今日征攼。四月。
合集	30212（《中科院》1624）		（2）戍不〔雨〕，征大啓。
合集	39602 正（《英藏》66 正）		（2）貞：征攼。允征攼。 （3）貞：征攼。
合集	39602 反（《英藏》66 反）		（2）……征攼。
屯南	2600		（2）今日至翌日丙征攼。

（二）征……啟

著　錄	編號／【綴合】／（重見）	備　註	卜　辭
合集	20637		（2）……征……攼。
合集	22280		己巳卜，貞：攼……征。
合集	39602 正（《英藏》66 正）		（2）貞：征攼。允征攼。 （3）貞：征攼。
合集	39602 反（《英藏》66 反）		（2）……征攼。
合補	3908（《懷特》255）		……卜……貞：今……征攼。

參、表示程度大小的啟

一、大啟

（一）大啟

著　錄	編號／【綴合】／（重見）	備註	卜　辭
合集	20957		（1）于辛雨，庚夕雨。辛攺。 （2）己亥卜，庚子又雨，其夕允雨。 （3）……萶日大攺，昃亦雨自北。闌昃攺。
合集	21010		（1）甲申□雨，大霎。〔庚〕寅大攺。〔辛〕卯大風自北，以……
合集	21021		（2）癸丑卜，貞：旬。〔甲寅大〕食雨〔自北〕。乙卯小食大啟。丙辰中日大雨自南。
合集	21022		（1）戊申卜，貞：翌己酉□大□□攺。七月。 （5）各云不其雨，允不攺。 （6）己酉卜，令其雨印，不雨，由攺。
合集	24917		己卯〔卜〕，□，貞：今日攺。王固曰：其攺，隹其母大攺。
合集	27226		（3）□□卜，今日吉……大晵。
合集	28663		丁亥卜，翌日戊王兌田，大晵。允大晵。大吉　茲用
合集	30189		□戌卜，今日庚至翌……大晵。
合集	30190		（2）今日辛大晵。 （3）不晵。 （4）壬大晵。 （5）壬不大晵。

合集	30197		（2）中日大啓。
合集	30212（《中科院》1624）		（2）戊不〔雨〕，征大啓。
合集	30213		（1）辛啓。吉 （2）壬不啓。吉 （3）壬大啓。大吉　用 （4）壬啓。大吉　用 （5）不啓。　吉
合集	30214（部份重見《合集》41612、《合補》9449）		（1）己大啓。兹用 （3）□啓。
合集	40865（《合補》6858、《懷特》1496）		（2）戊子卜，余，雨不。庚大攺。 （3）其攺。三日庚寅大攺。 （4）夆。貞……卜曰：翌庚寅其雨。余曰：己其雨。不雨。庚大攺。
合集	41613（《英藏》2345）		大啓。
屯南	2300		（1）戊戌卜，今日□攺。 （2）今日不攺。吉 （3）己攺。吉 （4）庚攺。大吉 （5）辛攺。 （6）壬攺。 （7）壬不攺。 （8）及茲夕大攺。
北大	1583		（2）……〔大〕攺。

（二）不大啓

著　錄	編號／【綴合】／（重見）	備　註	卜　辭
合集	30190		（2）今日辛大啓。 （3）不啓。 （4）壬大啓。 （5）壬不大啓。
村中南	124		（2）戊大啓，王兌田？ （3）〔不〕大啓？

（三）允大啓

著　錄	編號／【綴合】／（重見）	備　註	卜　辭
合集	28663		丁亥卜，翌日戊王兌田，大啓。允大啓。大吉　茲用

肆、與祭祀相關的啟

一、祭名·啟

（一）祭名·啟

著　錄	編號／【綴合】／（重見）	備　註	卜　辭
合集	00975 正		（1）乙巳卜，爭，貞：今日彰伐，攴。
屯南	0665		（5）弜賣，攴。 （7）弜賣，攴。
屯南	900+1053【《綴彙》176】		（1）……上甲雩雨……允攴。 （2）丁未，貞：弜雩雨上甲叀……
屯南	1105		（6）弜賣，攴。 （8）弜賣，攴。
屯南	2838		（2）翌日乙，大史祖丁，又夻自雨，啟。

二、犧牲……啟

（一）犧牲……啟

著　錄	編號／【綴合】／（重見）	備　註	卜　辭
合集	22249		（1）辛巳卜，攴又丩妣庚彘。 （2）攴又丩妣庚羊。 （6）攴又……
合集	27071		……上甲一牛……啟。

伍、與田獵相關的啟

一、田·啟

（一）田·啟

著　錄	編號／【綴合】／（重見）	備　註	卜　辭
合集	04315		□辰卜，翌……𢀛田……攴，陷……雨。
合集	10555		壬辰卜，〔翌〕□𢀛□田，〔攴〕。
合集	10556		（1）辛酉〔卜〕……攴。允攴。 （2）辛酉〔卜〕，〔翌〕壬𢀛〔田〕，攴。〔允〕攴。 （4）丁卯〔卜〕翌壬𢀛，攴。允攴。
合集	10557		甲午卜，翌□𢀛田，攴。〔允〕攴。不往。
合集	20740		〔甲〕寅卜，田……𢀛田，乎……攴，雨。
合集	28561		王其田，攴。
合集	28663		丁亥卜，翌日戊王兌田，大啓。允大啓。大吉　茲用
合補	3904		（1）□未卜……庚弜……田，允攴。
合補	9340		（1）田攴。
合補	13342（《蘇德美日》《德》295）		□戌卜，今日王其田，啟。不田……
村中南	124		（2）戊大啟，王兌田？ （3）〔不〕大啟？

（二）田……啟

著　錄	編號／【綴合】／（重見）	備　註	卜　辭
英藏	01094		……田……攴。

二、獵獸·啟

（一）獸·啟

著　錄	編號／【綴合】／（重見）	備　註	卜　辭
合集	10621		（1）……今日戰。攼。
合集	10625		……戰，攼。
合集	10627		（1）……乎戰，攼。 （2）攼。
合集	13120		（1）癸巳……戰……攼。允攼。十一月。 （2）翌丁未其攼。
合集	20753		（1）□未卜，王，□戰。不其攼。 （2）……令戰，又攼。
合集	20754		□丑卜……戰。不其攼。十一月。
合集	20755		（2）壬子卜，今日戰，又攼。
合集	20989		（1）庚申卜，翌辛酉甫又攼，戰，允戰。十一月。 （2）辛酉卜，翌壬戌攼。

（二）隻·啟

著　錄	編號／【綴合】／（重見）	備　註	卜　辭
合集	10309		（1）乙未卜，翌丙申王田，隻。允隻鹿九。 （2）乙未卜，翌丙申攼。

陸、對啟的心理狀態

一、不啟

（一）不啟

著　錄	編號／【綴合】／（重見）	備　註	卜　辭
合集	12348		（4）己卯卜，翌庚易日，不雨。不易日，攴。 （5）甲申卜，貞：翌乙攴。 （6）不啟。攴。
合集	13070		丁不攴。
合集	13071		壬不攴。
合集	13072		不攴。
合集	13080（《中科院》1151）		貞：今〔夕不〕攴，雨。〔註1〕
合集	13097		貞：今夕不攴。
合集	13098		〔貞〕：今夕不〔攴〕。
合集	13115+13118 正【《合補》3912】		（1）貞：翌乙〔亥〕不〔攴〕。 （2）貞：翌丁丑攴。 （3）貞：翌乙亥攴。
合集	20718		……王……攴。不攴……[illegible]……
合集	28494		（1）不攴。
合集	28618		（4）不晵。

〔註1〕缺文據《中科院》補。

合集	30056		（2）不攼。
合集	30190		（2）今日辛大晵。 （3）不晵。 （4）壬大晵。 （5）壬不大晵。
合集	30194		今日壬不啟。
合集	30196		（1）今日〔啟〕。 （2）不啟。
合集	30198		（1）中日至䇂兮晵。吉　茲用 （2）不晵。吉　吉
合集	30203		（1）今日乙䇂攼，不雨。 （2）于翌日丙攼，不雨。 （3）不攼，不雨。
合集	30204		（2）庚辰卜，翌日辛晵。 （3）不晵。吉 （4）壬晵，不雨。吉
合集	30205		（1）翌日戊晵，不〔雨〕。 （2）不晵，其雨。
合集	30206		（1）翌日〔己〕晵。大吉 （2）翌日己不晵。吉
合集	30211		（3）辛晵。 （4）不晵。
合集	30213		（1）辛晵。吉 （2）壬不晵。吉

			（3）壬大啓。大吉　用 （4）壬啓。大吉　用 （5）不啓。　吉
合集	30218		不啓。
合集	30219		（1）〔今〕夕啓。 （2）不啓。
合集	30220		（1）……〔啓〕。 （2）不啓。
合集	30221		〔不〕啓。
合集	30222		𠂤不啓。
合集	30223 正		不啓。
合集	31547+31548+31582【《合補》9563】		（3）貞：今夕攺。 （5）貞：今夕攺，不雨。 （6）貞：今夕其不攺。雨。 （8）貞：今夕攺。 （9）貞：今夕不其攺。 （11）貞：今夕攺，不雨。 （12）〔貞〕：今夕〔不〕其攺，不雨。 （15）貞：今夕不祉攺。 （20）貞：今夕攺。 （21）貞：今夕不其攺。
合集	32236		（2）甲戌卜，乙亥又伐，攺。 （3）不攺。
合集	32264		（3）不攺。

合集	32768		（2）不攺。
合集	33352 正+35197+33983+32768【《醉》246】		（4）癸酉卜，今日攺。 （5）不攺。 （6）癸酉卜，甲攺。 （7）不攺。
合集	33849		（1）不攺。
合集	33871		（4）戊辰卜，己攺不。 （5）己巳卜，庚攺不。 （6）庚不攺。
合集	33965		（7）丙寅〔卜〕，丁卯攺。 （8）不攺。
合集	33968		（1）丙辰卜，丁攺。允。 （2）丁不攺。
合集	33969		（1）甲□〔卜〕，乙攺。 （2）不攺。 （4）甲□卜，乙攺。
合集	33970		（2）〔乙〕巳卜，丙攺。 （3）不攺。
合集	33973		（1）己丑卜，庚其攺。 （2）庚不攺。
合集	33974		（2）庚辰卜，攺。 （3）不攺。 （4）戊申卜，攺。不攺。

合集	33977		（1）甲寅卜，𢼄。 （2）不𢼄。
合集	33978		（2）甲午……𢼄。〔乙未〕…… （3）不𢼄。
合集	33980		（1）癸不𢼄，至。
合集	33983		（1）癸酉卜，今日𢼄。 （2）不𢼄。 （3）癸酉卜，𢼄。
合集	33985+34701【《甲拼》217】		（2）甲午卜，今日𢼄。 （3）〔不〕𢼄。 （4）壬寅卜，甲辰雨。
合集	33986		（2）征𢦏大丁，允𢼄。 （5）不𢼄。 （6）乙不𢼄。 （7）乙未卜，今日𢼄。 （8）不𢼄。 （9）不𢼄。
合集	33987		（1）庚申〔卜〕，今夕𢼄。 （2）不𢼄。
合集	33990		（3）丁卯，貞：父丁日𢼄。 （4）不𢼄。
合集	33993		（2）乙不𢼄。
合集	33994		（1）庚𢼄。 （2）不𢼄。

合集	33995		（1）辛攺。 （2）不攺。
合集	33996		（2）辛攺。 （3）不攺。
合集	33997		（1）〔癸〕攺。 （2）不攺。
合集	34000		不攺。
合集	34001 正		不攺。
合集	34002		（1）不攺。 （2）不攺。
合集	34003		（1）允攺。 （2）癸□□，甲辰攺。 （3）不攺。
合集	34004		（1）不攺。
合集	34005		（2）不攺。
合集	34006（《中科院》1577》		（3）不攺。
合集	34008		（2）不攺。
合集	35115		（4）壬申卜，癸酉攺。 （5）壬申卜，不攺。
合集	40317（《英藏》1091）		（2）□卯卜，〔不〕攺。□夕雨。
合集	40322		不攺。
合集	40323		（1）庚□不攺。

合集	41403		今夕不𢼄。
合補	3921		……不𢼄。
合補	9564		（2）不𢼄。
合補	10624（《懷特》1609）		乙卯卜，今日不𢼄。
屯南	0325		（3）癸巳卜，不𢼄，乙未。
屯南	0339		（2）乙酉𢼄。 （3）乙酉不𢼄。
屯南	0744		（1）癸卯卜，甲𢼄。不𢼄，冉夕雨。 （2）𤰔雨于[illegible]，不𢼄。允不𢼄。夕雨。
屯南	0974		（3）甲寅卜，乙卯𢼄。 （4）不𢼄。
屯南	1009		（1）戊寅卜，𢼄。己卯允𢼄。 （2）不𢼄。
屯南	1058		（2）不𢼄。
屯南	1430		（1）……庚不𢼄。
屯南	1576		〔不〕啟。
屯南	2300		（1）戊戌卜，今日□𢼄。 （2）今日不𢼄。吉 （3）己𢼄。吉 （4）庚𢼄。大吉 （5）辛𢼄。 （6）壬𢼄。 （7）壬不𢼄。 （8）及茲夕大𢼄。

屯南	2351		（1）癸亥卜，翌甲子攺。允。 （2）癸亥卜，不攺。 （3）癸亥卜，翌甲子攺。 （4）癸亥卜，不攺。
屯南	2352		（1）癸亥卜，甲子攺。 （3）甲子卜，乙丑不攺。 （4）甲子卜，乙丑卜攺。
屯南	2533		（2）不啟。
屯南	2656		……不攺。
屯南	2711		（5）啓。 （6）不啓。
屯南	4304		（2）乙卯不攺。
村中南	319		（3）戊辰：攺□？ （4）不攺？

（二）不其啟

著　錄	編號／【綴合】／（重見）	備　註	卜　辭
合集	00376 正		（13）翌乙亥攺。 （14）翌乙亥不其攺。
合集	3297 反		（2）貞：翌辛丑不其攺。王固曰：今夕其雨，翌辛〔丑〕不〔雨〕。之夕死，辛丑攺。 （3）其攺。
合集	12623 甲		（3）貞：今夕不其攺。九月。

合集	13063		（1）〔不〕其𢼄。
合集	13066		（1）貞：不其𢼄。九月。
合集	13067		貞：不其𢼄。〔十月〕。
合集	13068		貞：不其𢼄。
合集	13069		（1）癸酉卜，王，□□允𢼄。 （2）乙亥不𢼄。
合集	13074 甲+13074 乙+13449【《契》37】		（1）丁……翌……𢼄 （2）辛丑卜，㱿，翌壬寅𢼄。壬寅陰。 （3）壬寅卜，㱿，翌癸卯易日。允易日。 （4）癸卯卜，㱿，翌甲辰𢼄。允𢼄。 （5）甲辰卜，㱿：翌乙巳不其𢼄。 （6）乙巳卜，㱿：翌丙午不其𢼄。 （7）□□□，□翌丁未……其𢼄。
合集	13075		庚不其𢼄。
合集	13099		貞：今夕不其𢼄。
合集	13100（《中科院》1152）		貞：今夕不其𢼄。
合集	13101		〔貞〕：今夕不其𢼄。
合集	13102		貞：今夕不其𢼄，不𢼄。
合集	13103		〔貞〕：今夕不其𢼄。
合集	13104		貞：今夕不其𢼄。
合集	13113		（1）〔庚〕午卜，翌辛未𢼄。允𢼄。 （2）翌癸酉不其𢼄。

合集	13117+15619【《綴續》459】		（1）貞：翌庚子不其攺。 （3）貞：翌庚子攺。 （5）貞：翌庚子攺。 （7）貞：翌庚子不其攺。
合集	13122		（1）丁巳卜，爭，翌戊午不其攺。 （2）戊午卜，翌己未不其攺。
合集	13123		（2）甲寅卜，爭，貞：翌乙卯不其攺。 （3）□子……攺。 （4）……易日。 （5）……攺。
合集	13124		（2）癸卯卜，內，翌甲辰不其攺。 （3）翌戊申不其〔攺〕。
合集	13125		（1）□□卜，內，翌乙〔巳〕不其攺。 （2）翌丙午不其攺。
合集	13126		（1）翌丁〔卯〕不其攺。 （2）翌戊辰不其攺。 （3）翌己巳不其攺。 （4）翌辛未不其攺。
合集	13127		（1）戊……不〔其〕攺。 （2）翌庚戌不其攺。
合集	13128		（1）翌丙寅不其攺。
合集	13129		貞：翌辛卯不其攺。
合集	13133 正		貞：不其征攺。
合集	13134（《合集》40324）		貞：不其征攺。

合集	13140		（1）甲子卜，內，翌乙丑〔攺〕。乙丑〔允攺〕。 （2）乙丑卜，內，翌寅攺。丙允攺。 （3）丁卯卜，內，翌戊辰攺。 （4）辛未卜，內，翌壬申攺。壬冬日陰。 （5）壬□〔卜〕，翌癸□攺。 （6）翌□申不其攺。
合集	20753		（1）□未卜，王，□獸。不其攺。 （2）……令獸，又攺。
合集	20754		□丑卜……獸。不其攺。十一月。
合集	24913		（1）貞：不其攺。 （2）戊戌卜，貞：今夕攺。八月。 （3）貞：不其攺。
合集	24919		（1）貞：不其攺。三月。
合集	24920		（2）壬寅卜，即，貞：翌癸卯攺。四月。 （3）貞：不其攺。四月。
合集	24922		貞：今夕不其攺。
合集	24923		貞：今夕不〔其〕攺。
合集	24924		辛卯〔卜〕，出，〔貞〕……不〔其〕攺。允……
合集	24925		貞：今夕不其征攺。
合集	30201（《合補》3914）		貞：今夕不其攺。
合集	30209		（1）辛亥卜，癸丑不其攺。
合補	3722（《懷特》258）		（1）……卜，貞：今〔夕〕不其攺。
合補	3914（《東大》69）		貞：今夕不其攺。

（三）不大啟

著　錄	編號／【綴合】／（重見）	備　註	卜　辭
合集	30190		（2）今日辛大啓。 （3）不啓。 （4）壬大啓。 （5）壬不大啓。
村中南	124		（2）戊大啟，王兌田？ （3）〔不〕大啟？

（四）不啟日

著　錄	編號／【綴合】／（重見）	備　註	卜　辭
合集	21976		（2）癸卯，不攺日。

（五）不……啟

著　錄	編號／【綴合】／（重見）	備　註	卜　辭
合集	13130		（1）……翌……攺。 （2）……不□攺。

二、弗啟

（一）弗啟

著　錄	編號／【綴合】／（重見）	備　註	卜　辭
合集	20922		癸卯，貞：旬。甲辰雨，乙巳陰，丙午弗攺。

三、亡啟

（一）亡啟

著　錄	編號／【綴合】／（重見）	備　註	卜　辭
屯南	0683		（2）亡攼。

四、令·啟

（一）令·啟

著　錄	編號／【綴合】／（重見）	備　註	卜　辭
合集	20994		（1）甲寅卜，亡呙，令攼。
合集	21022		（1）戊申卜，貞：翌己酉□大□□攼。七月。 （5）各云不其雨，允不攼。 （6）己酉卜，令其雨印，不雨，田攼。
合集	22186		（3）己丑卜，攼，丁令。

五、啟——吉

（一）啟·吉

著　錄	編號／【綴合】／（重見）	備　註	卜　辭
合集	29800		……〔至〕章啓。用　吉
合集	30198		（1）中日至章兮啓。吉　茲用 （2）不啓。吉　吉

合集	30204		（2）庚辰卜，翌日辛啓。 （3）不啓。吉 （4）壬啓，不雨。吉
合集	30206		（1）翌日〔己〕啓。大吉 （2）翌日己不啓。吉
合集	30213		（1）辛啓。吉 （2）壬不啓。吉 （3）壬大啓。大吉　用 （4）壬啓。大吉　用 （5）不啓。　吉
合補	9561（《懷特》1419）		（1）丁攺。大吉　玆用 （2）攺。
屯南	2300		（1）戊戌卜，今日□攺。 （2）今日不攺。吉 （3）己攺。吉 （4）庚攺。大吉 （5）辛攺。 （6）壬攺。 （7）壬不攺。 （8）及茲夕大攺。
合集	27226		（3）□□卜，今日吉……大啓。

（二）啟·大吉

著　錄	編號／【綴合】／（重見）	備　註	卜　辭
合集	28663		丁亥卜，翌日戊王兌田，大啓。允大啓。大吉　茲用
合集	30206		（1）翌日〔己〕啓。大吉 （2）翌日己不啓。吉
合集	30213		（1）辛啓。吉 （2）壬不啓。吉 （3）壬大啓。大吉　用 （4）壬啓。大吉　用 （5）不啓。　吉
屯南	2300		（1）戊戌卜，今日□𢼄。 （2）今日不𢼄。吉 （3）己𢼄。吉 （4）庚𢼄。大吉 （5）辛𢼄。 （6）壬𢼄。 （7）壬不𢼄。 （8）及茲夕大𢼄。

（三）啟·引吉

著　錄	編號／【綴合】／（重見）	備　註	卜　辭
合集	29899		（2）壬雨，癸雨，甲迺𢼄。引吉

柒、一日之內的啟

一、明——啟

（一）明啟

著　錄	編號／【綴合】／（重見）	備　註	卜　辭
合集	21016		（2）癸亥卜，貞：旬。二月。乙丑夕雨。丁卯多雨。戊小采日雨，㚔風。己明啟。
合集	993+40341（《英藏》1101）【《甲拼》57】	遙綴	（1）丙申卜，翌丁酉酒伐，攺。丁明陰，大食日攺。一月。 （2）丙申卜，翌丁酉酒伐，〔攺〕……〔註1〕

（一）啟・明

著　錄	編號／【綴合】／（重見）	備　註	卜　辭
合集	20995		……攺。明陰，迺步。
合集	993+40341（《英藏》1101）【《甲拼》57】	遙綴	（1）丙申卜，翌丁酉酒伐，攺。丁明陰，大食日攺。一月。 （2）丙申卜，翌丁酉酒伐，〔攺〕……

〔註1〕原釋為「彭」之字作「」、「」，𠂤賓間類的「酒」字皆作兩點的「」。參見黃天樹主編：《甲骨拼合集》（北京：學苑出版社，2010年），頁62、386。

二、大采——啟

（一）大采・啟

著　錄	編號／【綴合】／（重見）	備　註	卜　辭
合集	20993		……攺。大采日允攺。

三、食——啟

（一）啟……食

著　錄	編號／【綴合】／（重見）	備　註	卜　辭
合集	40321（《英藏》924）		壬子攺，自食……

四、中日——啟

（一）中日・啟

著　錄	編號／【綴合】／（重見）	備　註	卜　辭
合集	13216 反		（1）□未……雨，中日攺……酌□既陟……𧈡雷。
合集	20821+《乙》24【《綴續》501】		（2）……中日攺。十二月。
合集	30197		（2）中日大啓。

（二）中日・時間段・啟

著　錄	編號／【綴合】／（重見）	備　註	卜　辭
合集	30198		（1）中日至𦎫兮啓。吉　茲用 （2）不啓。吉　吉

五、昃——啟

（一）昃·啟

著　錄	編號／【綴合】／（重見）	備　註	卜　辭
合集	20957		（1）于辛雨，庚夕雨。辛攺。 （2）己亥卜，庚子又雨，其夕允雨。 （3）……菁日大攺，昃亦雨自北。闌昃攺。

（二）啟……昃

著　錄	編號／【綴合】／（重見）	備　註	卜　辭
合集	11728 反+13159 反【《甲拼續》582】		……勿攺，其云椎其昃日。

六、小采——啟

（一）小采……啟

著　錄	編號／【綴合】／（重見）	備　註	卜　辭
合集	20397		（1）壬戌又雨。今日小采允大雨。征伐，菁日隹啟。

七、郭兮——啟

（一）時間段·郭兮·啟

著　錄	編號／【綴合】／（重見）	備　註	卜　辭
合集	29800		……〔至〕辜啓。用吉
合集	30198		（1）中日至辜兮啓。吉　茲用 （2）不啓。吉　吉

合集	30203		（1）今日乙𠅦攺，不雨。 （2）于翌日丙攺，不雨。 （3）不攺，不雨。

八、小食——啟

（一）小食・啟

著　錄	編號／【綴合】／（重見）	備　註	卜　辭
合集	21021 部份+21316+21321+21016 【《綴彙》776】		（1）癸未卜，貞：旬。甲申人定雨……雨……十二月。 （4）癸卯貞，旬。□大〔風〕自北。 （5）癸丑卜，貞：旬。甲寅大食雨自北。乙卯小食大啟。丙辰中日大雨自南。 （6）癸亥卜，貞：旬。一月。昃雨自東。九日辛丑大采，各云自北，雷征，大風自西刜云，率〔雨〕，母譱日……一月。 （8）癸巳卜，貞：旬。之日巳，羌女老，征雨小。二月。 （9）……大采日，各云自北，雷，風，茲雨不征，隹婇…… （10）癸亥卜，貞：旬。乙丑夕雨，丁卯明雨……采日雨。〔風〕。己明啟。三月。

九、夕——啟

（一）今夕・啟

著　錄	編號／【綴合】／（重見）	備　註	卜　辭
合集	12623 甲		（3）貞：今夕不其攺。九月。
合集	13080（《中科院》1151）		貞：今〔夕不〕攺，〔雨〕。

合集	13084		庚戌卜，史，貞：今夕啟。六〔月〕。
合集	13085		貞：今夕〔啟〕。
合集	13086（《中科院》1149）		貞：今夕啟。
合集	13087		貞：今夕啟。
合集	13088		貞：今夕其啟。
合集	13090		壬寅卜，今夕啟。
合集	13091		今夕啟。
合集	13092		（1）□今夕〔啟〕。 （2）貞：□□其〔啟〕。
合集	13093		（1）今夕啟。
合集	13094		今夕啟。
合集	13095		〔今〕夕啟。
合集	13096		今夕其啟。
合集	13097		貞：今夕不啟。
合集	13098		〔貞〕：今夕不〔啟〕。
合集	13099		貞：今夕不其啟。
合集	13100（《中科院》1152）		貞：今夕不其啟。
合集	13101		〔貞〕：今夕不其啟。
合集	13102		貞：今夕不其啟，不啟。
合集	13103		〔貞〕：今夕不其啟。
合集	13104		貞：今夕不其啟。
合集	13142		〔今〕夕啟。允啟。

合集	24913		（1）貞：不其𢼄。 （2）戊戌卜，貞：今夕𢼄。八月。 （3）貞：不其𢼄。
合集	24914		貞：今夕𢼄。
合集	24922		貞：今夕不其𢼄。
合集	24923		貞：今夕不〔其〕𢼄。
合集	24925		貞：今夕不其征𢼄。
合集	30199		丁未卜，員，貞：今夕𢼄。
合集	30200（《合集》41441）		辛亥卜，員，貞：今夕𢼄。
合集	30201（《合補》3914、《東大》69）		貞：今夕不其𢼄。
合集	30202		今夕啓。
合集	30219		（1）〔今〕夕啓。 （2）不啓。
合集	31547+31548+31582（《合補》9563）		（3）貞：今夕𢼄。 （5）貞：今夕𢼄，不雨。 （6）貞：今夕其不𢼄。雨。 （8）貞：今夕𢼄。 （9）貞：今夕不其𢼄。 （11）貞：今夕𢼄，不雨。 （12）〔貞〕：今夕〔不〕其𢼄，不雨。 （15）貞：今夕不征𢼄。 （20）貞：今夕𢼄。 （21）貞：今夕不其𢼄。
合集	31587		（2）貞：今夕𢼄。

合集	33987		（1）庚申〔卜〕，今夕㱿。 （2）不㱿。
合集	33988（《史語所》27）		（1）癸酉，貞：今日夕㱿。
合集	33989		今夕㱿。
合集	41403		今夕不㱿。
合補	3722（《懷特》258）		（1）……卜，貞：今〔夕〕不其㱿。
合補	7473（《中科院》1150）		……貞：今夕㱿。
北大	1586		（2）壬午卜，貞：今夕㱿。

（二）今夕……啟

著　錄	編號／【綴合】／（重見）	備　註	卜　辭
合補	3918		……今夕……㱿。
合補	9559（《東大》70）		□未卜……今夕……㱿之……
合補	9562（《懷特》256）		（2）貞：今夕……㱿。

（三）之夕……啟

著　錄	編號／【綴合】／（重見）	備　註	卜　辭
合集	13351		貞：今夕雨。之夕㱿。風。
合集	3297 反		（2）貞：翌辛丑不其㱿。王固曰：今夕其雨，翌辛〔丑〕不〔雨〕。之夕死，辛丑㱿。 （3）其㱿。
合集	13283 正		（2）庚〔子易〕日……㱿，勿〔易〕。之夕雨，庚子㱿。

合集	13399 正		己亥卜，永，貞：翌庚子酌……王固曰：茲隹庚雨卜。之〔夕〕雨，庚子酌三嗇云，𪓐〔其〕……既祝，𣆞。
合集	13135		今夕……之夕〔雨〕小，亦𣆞。

（四）夕·啟

著　錄	編號／【綴合】／（重見）	備　註	卜　辭
屯南	2300		（1）戊戌卜，今日□𣆞。 （2）今日不𣆞。吉 （3）己𣆞。吉 （4）庚𣆞。大吉 （5）辛𣆞。 （6）壬𣆞。 （7）壬不𣆞。 （8）及茲夕大𣆞。
中科院	528		……〔夕〕……啟……□……

（五）……夕·啟

著　錄	編號／【綴合】／（重見）	備　註	卜　辭
合集	13462		□夕𣆞……陰。
合集	13131		……夕𣆞，癸巳𢓊𣆞。
合集	40317（《英藏》1091）		（2）□卯卜，〔不〕𣆞。□夕雨。

十、闌昃——啟

（一）闌昃・啟

著錄	編號／【綴合】／（重見）	備註	卜辭
合集	20957		（1）于辛雨，庚夕雨。辛攺。 （2）己亥卜，庚子又雨，其夕允雨。 （3）……着日大攺，昃亦雨自北。闌昃攺。

捌、一日以上的啟

一、今·啟

（一）今日·啟

著　錄	編號／【綴合】／（重見）	備　註	卜　辭
合集	13076		□未卜，𠭰，貞：今日𢼄。
合集	13077		貞：今癸卯𢼄。
合集	13082		□□〔卜〕，今日𢼄。
合集	13083		今日𢼄。
合集	20898		（1）丁巳卜，王曰：庚其雨，□其雨，不雨，𢼄。 （2）戊午卜，曰：今日𢼄印，允𢼄。
合集	20997		庚子卜，今日𢼄。
合集	23532		（3）丁卯卜，大，貞：今日𢼄。
合集	24161		（4）貞：今日征𢼄。四月。
合集	24917		己卯〔卜〕，□，貞：今日𢼄。王固曰：其𢼄，隹其母大𢼄。
合集	24918		貞：今〔日〕𢼄。
合集	30195		今日啟。
合集	30196		（1）今日〔啟〕。 （2）不啟。
合集	30381		（1）丁巳卜，今日𢼄。 （2）戊〔午〕卜，今日𢼄。

合集	33352 正+35197+33983+32768【《醉》246】		（4）癸酉卜，今日攺。 （5）不攺。 （6）癸酉卜，甲攺。 （7）不攺。
合集	33982		（1）丙戌卜，今日攺。 （2）……攺。
合集	33983		（1）癸酉卜，今日攺。 （2）不攺。 （3）癸酉卜，攺。
合集	33985+34701【《甲拼》217】		（2）甲午卜，今日攺。 （3）〔不〕攺。 （4）壬寅卜，甲辰雨。
合集	33986		（2）征攺大丁，允攺。 （5）不攺。 （6）乙不攺。 （7）乙未卜，今日攺。 （8）不攺。 （9）不攺。
合集	40236		（3）今日〔攺〕。
合補	9560		今日攺。
合補	10624（《懷特》1609）		乙卯卜，今日不攺。
屯南	0950		丁未卜，今日攺。
村中南	175		甲辰卜：今日攺？
英藏	01849		……今日不啟。

英藏	02034		（2）癸巳卜，冎，貞：今日啟。
英藏	02079		（1）……〔貞〕：今日不啟。
旅順	692	塗朱	（1）丁未卜，咠，貞：今日攴。

（二）今日・干支・啟

著錄	編號／【綴合】／（重見）	備註	卜辭
合集	30190		（2）今日辛大啓。 （3）不啓。 （4）壬大啓。 （5）壬不大啓。
合集	30191		戊寅卜，今日戊啓。
合集	30192		〔今〕日壬啓。
合集	30193		〔今〕日壬啓。
合集	30194		今日壬不啟。
合集	30203		（1）今日乙𩫖攴，不雨。 （2）于翌日丙攴，不雨。 （3）不攴，不雨。
合集	33984		壬辰，貞：今日壬攴。

（三）今・干支・啟

著錄	編號／【綴合】／（重見）	備註	卜辭
合集	3507（《合補》3907）		（2）貞：今甲午攴。
合集	13079+15236【《甲拼續》237】		（3）貞：今丁卯攴。

（四）今日……啟

著　錄	編號／【綴合】／（重見）	備　註	卜　辭
合集	00975 正		（1）乙巳卜，爭，貞：今日酌伐，攺。
合集	10621		（1）……今日獸。攺。
合集	20397		（1）壬戌又雨。今日小采允大雨。征伇，掛日隹啟。
合集	20755		（2）壬子卜，今日獸，又攺。
合集	27226		（3）□□卜，今日吉……大啓。
合集	30189		□戌卜，今日庚至翌……大啓。
合補	13342（《蘇德美日》《德》295）		□戌卜，今日王其田，啟。不田……

（五）今日至……啟

著　錄	編號／【綴合】／（重見）	備　註	卜　辭
屯南	2600		（2）今日至翌日丙征攺。

（六）今其啟

著　錄	編號／【綴合】／（重見）	備　註	卜　辭
合集	24915		癸未卜，〔出〕，貞：今其攺。

（七）今……啟

著　錄	編號／【綴合】／（重見）	備　註	卜　辭
合集	13078		（1）辛丑〔卜〕，貞：今□攺……
合集	13080		貞：今□攺，雨。

合集	13081		貞：今□攺。
合集	13089（《合補》101797）		貞：今□其攺。
合集	13144		貞：今□攺。之□允〔攺〕。
合補	3908（《懷特》255）		……卜……貞：今……征攺。
合補	3916（《懷特》252）		□丑卜……貞：今……攺。
合補	7472		……貞：今……翌攺。
旅順	1600		貞：今……攺。

二、翌・啟

（一）翌・干支・啟

著錄	編號／【綴合】／（重見）	備註	卜辭
合集	00376 正		（13）翌乙亥攺。 （14）翌乙亥不其攺。
合集	3297 反		（2）貞：翌辛丑不其攺。王固曰：今夕其雨，翌辛〔丑〕不〔雨〕。之夕死，辛丑攺。 （3）其攺。
合集	12348		（4）己卯卜，翌庚易日，不雨。不易日，攺。 （5）甲申卜，貞：翌乙攺。 （6）不啟。攺。
合集	13074 甲+13074 乙+13449【《契 37》】		（1）丁……翌……攺 （2）辛丑卜，穷，翌壬寅攺。壬寅陰。 （3）壬寅卜，穷，翌癸卯易日。允易日。

			(4) 癸卯卜，穷，翌甲辰攸。允攸。 (5) 甲辰卜，穷：翌乙巳不其攸。 (6) 乙巳卜，穷：翌丙午不其攸。 (7) □□□，□翌丁未……其攸。
合集	13105 正		丁未卜，㱿，貞：翌辛亥攸。
合集	13106		丙辰卜，穷，翌丁巳攸。
合集	13107（《合補》3909）		(2) □□〔卜〕，□，翌庚戌攸。
合集	13108+17927【《甲拼續》575】		乙未卜，穷，翌丁亥攸。
合集	13109		(2) 辛亥卜，內，翌壬子攸。壬…… (3) 癸丑卜，內，翌甲寅攸。
合集	13110		(1) 丙寅卜，內，翌丁卯攸。丁攸。
合集	13111		(2) 壬子卜，內，翌癸丑攸。癸……
合集	13112（《合補》1812 正、《天理》111）		(1) 庚辰卜，□，翌辛巳攸。 (2) 貞：翌辛巳㞢攸。
合集	13113		(1)〔庚〕午卜，翌辛未攸。允攸。 (2) 翌癸酉不其攸。
合集	13114		癸卯卜，貞：翌甲〔辰〕攸。
合集	13115+13118 正【《合補》3912 正】		(1) 貞：翌乙〔亥〕不〔攸〕。 (2) 貞：翌丁丑攸。 (3) 貞：翌乙亥攸。
合集	13116 正		(1) 貞：翌乙未攸。 (2) 貞：翌丙申攸。

合集	13117+15619【《綴續》459】		（1）貞：翌庚子不其𢼄。 （3）貞：翌庚子𢼄。 （5）貞：翌庚子𢼄。 （7）貞：翌庚子不其𢼄。
合集	13119		貞：翌戊子𢼄。
合集	13120		（1）癸巳……獸……𢼄。允𢼄。十一月。 （2）翌丁未其𢼄。
合集	13121		貞：翌□未□𢼄。
合集	13122		（1）丁巳卜，爭，翌戊午不其𢼄。 （2）戊午卜，翌己未不其𢼄。
合集	13123		（2）甲寅卜，爭，貞：翌乙卯不其𢼄。 （3）□子……𢼄。 （4）……易日。 （5）……𢼄。
合集	13124		（2）癸卯卜，內，翌甲辰不其𢼄。 （3）翌戊申不其〔𢼄〕。
合集	13125		（1）□□卜，內，翌乙〔巳〕不其𢼄。 （2）翌丙午不其𢼄。
合集	13126		（1）翌丁〔卯〕不其𢼄。 （2）翌戊辰不其𢼄。 （3）翌己巳不其𢼄。 （4）翌辛未不其𢼄。

合集	13127		（1）戊……不〔其〕𢼄。 （2）翌庚戌不其𢼄。
合集	13128（《國博》55）		（1）翌丙寅不其𢼄。
合集	13129		貞：翌辛卯不其𢼄。
合集	13137		貞：翌□寅𢼄。□□允〔𢼄〕。
合集	13138		（1）翌乙□日𢼄。□日允𢼄。
合集	13140		（1）甲子卜，內，翌乙丑〔𢼄〕。乙丑〔允𢼄〕。 （2）乙丑卜，內，翌寅𢼄。丙允𢼄。 （3）丁卯卜，內，翌戊辰𢼄。 （4）辛未卜，內，翌壬申𢼄。壬冬日陰。 （5）壬□〔卜〕，翌癸□𢼄。 （6）翌□申不其𢼄。
合集	13141		（1）乙巳卜，內，翌丙午𢼄。允𢼄。 （2）〔翌〕……𢼄……陰。
合集	11728 正+13159 正【《甲拼續》582】		貞：翌辛巳易日。
合集	13374		□□卜，翌□寅𢼄……風。
合集	13383		（1）甲子卜，□，翌乙〔丑〕𢼄。乙〔丑〕風。 （2）乙丑卜，□，翌丙寅𢼄。〔丙寅風〕。
合集	13449		（1）丁……翌………〔𢼄〕。 （2）辛丑卜，穷，翌壬寅𢼄。壬寅陰。
合集	13452		癸巳〔卜〕，翌甲〔午〕𢼄。甲陰。六月。
合集	13454		□酉卜，王，翌□戌𢼄……陰。

合集	20989		(1) 庚申卜，翌辛酉甫又攺，戰，允戰。十一月。 (2) 辛酉卜，翌壬戌攺。
合集	20991		己丑卜，翌庚，允攺。一月。
合集	21022		(1) 戊申卜，貞：翌己酉□大□□攺。七月。 (5) 各云不其雨，允不攺。 (6) 己酉卜，令其雨印，不雨，𤰔攺。
合集	21579		戊子卜，子，貞：今翌攺因。
合集	21785		(1) 甲辰卜，翌乙巳□攺……丁……二月。
合集	24920		(2) 壬寅卜，即，貞：翌癸卯攺。四月。 (3) 貞：不其攺。四月。
合集	30203		(1) 今日乙䡅攺，不雨。 (2) 于翌日丙攺，不雨。 (3) 不攺，不雨。
合集	30204		(2) 庚辰卜，翌日辛啓。 (3) 不啓。吉 (4) 壬啓，不雨。吉
合集	30205		(1) 翌日戊啓，不〔雨〕。 (2) 不啓，其雨。
合集	30206		(1) 翌日〔己〕啓。大吉 (2) 翌日己不啓。吉
合集	31970		(1) 庚申卜，翌辛攺。允攺。
合集	33981		〔丙〕午卜，翌日丁未攺。
合集	40320		(1) 丁未卜，穷，〔貞〕：翌戊申□攺。

合集	40325		□子卜，翌□巳攺。
合補	3909（《東大》328）		（1）……穷，翌己酉攺。 （2）……翌庚戌攺。
合補	3911（《懷特》253）		□丑，翌□寅攺。
合補	5076 正（《天理》186 正）		貞：翌□寅攺。
屯南	2351		（1）癸亥卜，翌甲子攺。允。 （2）癸亥卜，不攺。 （3）癸亥卜，翌甲子攺。 （4）癸亥卜，不攺。
英藏	01088		丁卯〔卜〕，翌戊〔辰〕攺。允攺。

（二）翌……啟

著　錄	編號／【綴合】／（重見）	備　註	卜　辭
合集	10556		（1）辛酉〔卜〕……攺。允攺。 （2）辛酉〔卜〕，〔翌〕壬𢀛〔田〕，攺。〔允〕攺。 （4）丁卯〔卜〕翌壬𢀛，攺。允攺。
合集	28663		丁亥卜，翌日戊王兑田，大啓。允大啓。大吉　茲用
合集	29587		（4）〔翌〕日乙□各于□，攺。
合集	40341（《英藏》1101）		（1）丙申卜，翌丁酉彡伐，攺。丁明陰，大食日攺。一月。
屯南	0590		丙申卜，父丁翌日，又攺。雨。
屯南	2838		（2）翌日乙，大史祖丁，又杏自雨，啟。
合集	04315		□辰卜，翌……𢀛田……攺，陷……雨。
合集	13130		（1）……翌……攺。 （2）……不□攺。

合集	24916		□戌卜，□，〔貞〕：翌……其攼。□月。
合補	7472		……貞：今……翌攼。
合補	7474（《懷特》1099）		丙戌……貞：翌……攼。
旅順	693 正	填墨	……□貞：翌……攼……
懷特	1099		丙戌……貞：翌……攼。

（三）翌日・啟

著　錄	編號／【綴合】／（重見）	備　註	卜　辭
東大	1288		……卜，王乎……翌日攼。

（四）啟・翌日

著　錄	編號／【綴合】／（重見）	備　註	卜　辭
合集	33069		（10）壬子卜，攼，翌日癸丑。

（五）今日・至翌・啟

著　錄	編號／【綴合】／（重見）	備　註	卜　辭
合集	30189		□戌卜，今日庚至翌……大啓。
屯南	2600		（2）今日至翌日丙征攼。

三、旬・啟

（一）旬……啟

著　錄	編號／【綴合】／（重見）	備　註	卜　辭
合集	20922		癸卯，貞：旬。甲辰雨，乙巳陰，丙午弗攼。

合集	21016		（2）癸亥卜，貞：旬。二月。乙丑夕雨。丁卯明雨。戊小采日雨，止〔風〕。己明啟。
合集	21021		（2）癸丑卜，貞：旬。〔甲寅大〕食雨〔自北〕。乙卯小食大啟。丙辰中日大雨自南。

四、啟・月

（一）啟・月

著　錄	編號／【綴合】／（重見）	備　註	卜　辭
合集	13062		□其攺。八月。
合集	13065		攺，若。八月。
合集	13066		（1）貞：不其攺。九月。
合集	13067		貞：不其攺。〔十月〕。
合集	13120		（1）癸巳……戰……攺。允攺。十一月。 （2）翌丁未其攺。
合集	13452		癸巳〔卜〕，翌甲〔午〕攺。甲陰。六月。
合集	20754		□丑卜……戰。不其攺。十一月。
合集	20821+《乙》24【《綴續》501】		（2）……中日攺。十二月。
合集	20942		……丁亥攺，辛卯雨小。六日至己雨。三月。
合集	20989		（1）庚申卜，翌辛酉甫又攺，戰，允戰。十一月。 （2）辛酉卜，翌壬戌攺。
合集	20991		己丑卜，翌庚，允攺。一月。

合集	21022		（1）戊申卜，貞：翌己酉□大□□攺。七月。 （5）各云不其雨，允不攺。 （6）己酉卜，令其雨印，不雨，𠙵攺。
合集	21698		……攺入，〔知〕史，若。十月。
合集	21785		（1）甲辰卜，翌乙巳□攺……丁……二月。
合集	24161		（4）貞：今日征攺。四月。
合集	24919		（1）貞：不其攺。三月。
合集	24920		（2）壬寅卜，即，貞：翌癸卯攺。四月。 （3）貞：不其攺。四月。
合集	24927		……叀〔征〕攺。六月。
合集	40341（《英藏》1101）		（1）丙申卜，翌丁酉彭伐，攺。丁明陰，大食日攺。一月。
合集	40831（《英藏》1758）		（1）庚寅冬攺。青，二日。一月。

（二）啟・□月

著　錄	編號／【綴合】／（重見）	備　註	卜　辭
合集	24916		□戌卜，□，〔貞〕：翌……其攺。□月。
合補	3913		□亥𡿪雨……攺……□月。

玖、描述啟之狀態變化

一、允・啟

（一）允・啟

著　錄	編號／【綴合】／（重見）	備　註	卜　辭
合集	10556		（1）辛酉〔卜〕……啟。允啟。 （2）辛酉〔卜〕，〔翌〕王彡〔田〕，啟。〔允〕啟。 （4）丁卯〔卜〕翌王彡，啟。允啟。
合集	10557		甲午卜，翌□彡田，啟。〔允〕啟。不往。
合集	13069		（1）癸酉卜，王，□□允啟。 （2）乙亥不啟。
合集	13074 甲+13074 乙+13449【《契》37】		（1）丁……翌……啟 （2）辛丑卜，㱿，翌壬寅啟。壬寅陰。 （3）壬寅卜，㱿，翌癸卯易日。允易日。 （4）癸卯卜，㱿，翌甲辰啟。允啟。 （5）甲辰卜，㱿：翌乙巳不其啟。 （6）乙巳卜，㱿：翌丙午不其啟。 （7）□□□，□翌丁未……其啟。
合集	13113		（1）〔庚〕午卜，翌辛未啟。允啟。 （2）翌癸酉不其啟。
合集	13120		（1）癸巳……戰……啟。允啟。十一月。 （2）翌丁未其啟。

合集	13136		辛亥卜，癸〔丑〕𢼄。允𢼄。
合集	13137		貞：翌□寅𢼄。□□允〔𢼄〕。
合集	13138		（1）翌乙□日𢼄。□日允𢼄。
合集	13139		（1）甲寅𢼄……〔雨〕。 （2）甲寅〔𢼄〕。允〔𢼄〕。
合集	13140		（1）甲子卜，內，翌乙丑〔𢼄〕。乙丑〔允𢼄〕。 （2）乙丑卜，內，翌寅𢼄。丙允𢼄。 （3）丁卯卜，內，翌戊辰𢼄。 （4）辛未卜，內，翌壬申𢼄。壬冬日陰。 （5）壬□〔卜〕，翌癸□𢼄。 （6）翌□申不其𢼄。
合集	13141		（1）乙巳卜，內，翌丙午𢼄。允𢼄。 （2）〔翌〕……𢼄……陰。
合集	13143		（1）辛丑𢼄。允𢼄。
合集	13144		貞：今□𢼄。之□允〔𢼄〕。
合集	20416		（2）丙子卜，𢓊，丁丑啟。允啟。
合集	20898		（1）丁巳卜，王曰：庚其雨，□其雨，不雨，𢼄。 （2）戊午卜，曰：今日𢼄印，允𢼄。
合集	20977		（2）……不雨，允𢼄。
合集	20990		（2）戊申卜，己其雨，不雨𢼄，小……。 （3）戊申卜，〔己〕𢼄，允𢼄。
合集	20991		己丑卜，翌庚，允𢼄。一月。
合集	20992		……允𢼄。

合集	20993		……𢼄。大采日允𢼄。
合集	30207		戊申晵，己允〔𢼄〕。
合集	31970		（1）庚申卜，翌辛𢼄。允𢼄。
合集	33966		甲辰卜，乙巳允𢼄。
合集	33986		（2）征敆大丁，允𢼄。 （5）不𢼄。 （6）乙不𢼄。 （7）乙未卜，今日𢼄。 （8）不𢼄。 （9）不𢼄。
合集	34003		（1）允𢼄。 （2）癸□□，甲辰𢼄。 （3）不𢼄。
合集	39602 正《英藏》66 正		（2）貞：征𢼄。允征𢼄。 （3）貞：征𢼄。
合補	3904		（1）□未卜……庚弜……田，允𢼄。
合補	3905（《東大》1026）		己酉卜，𢼄。允𢼄。
屯南	0310		（1）允𢼄。
屯南	屯南 900+屯南 1053【《綴彙》176】		（1）……上甲雩雨……允𢼄。 （2）丁未，貞：弜雩雨上甲叀……
英藏	01088		丁卯〔卜〕，翌戊〔辰〕𢼄。允𢼄。

（二）啟・允

著　錄	編號／【綴合】／（重見）	備　註	卜　辭
合集	33968		（1）丙辰卜，丁𢼄。允。 （2）丁不𢼄。
屯南	2351		（1）癸亥卜，翌甲子𢼄。允。 （2）癸亥卜，不𢼄。 （3）癸亥卜，翌甲子𢼄。 （4）癸亥卜，不𢼄。

（三）允大啟

著錄	編號／【綴合】／（重見）	備註	卜辭
合集	28663		丁亥卜，翌日戊王兌田，大啓。允大啓。大吉　茲用
合集	40865（《合補》6858）		（2）戊子卜，余，雨不。庚大𢼄。 （3）其𢼄。三日庚寅大𢼄。 （4）夆。貞……卜曰：翌庚寅其雨。余曰：己其雨。不雨。庚大𢼄。

（四）允不啟

著　錄	編號／【綴合】／（重見）	備　註	卜　辭
合集	13102		貞：今夕不其𢼄。不𢼄。
合集	21022		（1）戊申卜，貞：翌己酉□大□□𢼄。七月。 （5）各云不其雨，允不𢼄。 （6）己酉卜，令其雨印，不雨，田𢼄。

（五）……啟……允……

著　錄	編號／【綴合】／（重見）	備　註	卜　辭
合集	24924		辛卯〔卜〕，出，〔貞〕……不〔其〕攺。允……
懷特	257		……相……允……攺。

第二節　陰

貳、表示時間長度的陰

一、征陰

（一）征陰

著　錄	編號／【綴合】／（重見）	備　註	卜　辭
合集	20769		（2）……征陰。

參、與祭祀相關的陰

一、酢・陰

（一）酢……陰

著　錄	編號／【綴合】／（重見）	備　註	卜　辭
合集	721 正		（1）貞：翌乙卯酢我雝伐于宰。乙卯允酢，明陰。
合集	13450		乙未卜，王，翌丁酉酢伐，易日。丁明陰，大食……
合集	13459 反		……隹丙不吉。〔乙〕巳酢，陰……不雨……其……

（二）犧牲……陰

著　錄	編號／【綴合】／（重見）	備　註	卜　辭
合集	456 正		（1）甲午卜，爭，貞：翌乙未用羌。用，之日陰。

肆、與田獵相關的陰

一、田・陰

（一）田・陰

著　錄	編號／【綴合】／（重見）	備　註	卜　辭
合集	28537		（1）翌日戊王其田，不遘雨。 （2）田，翌日戊陰。吉。

伍、對陰的心理狀態

一、陰・不

（一）陰・不

著　錄	編號／【綴合】／（重見）	備　註	卜　辭
合集	20771		戊寅，陰不。

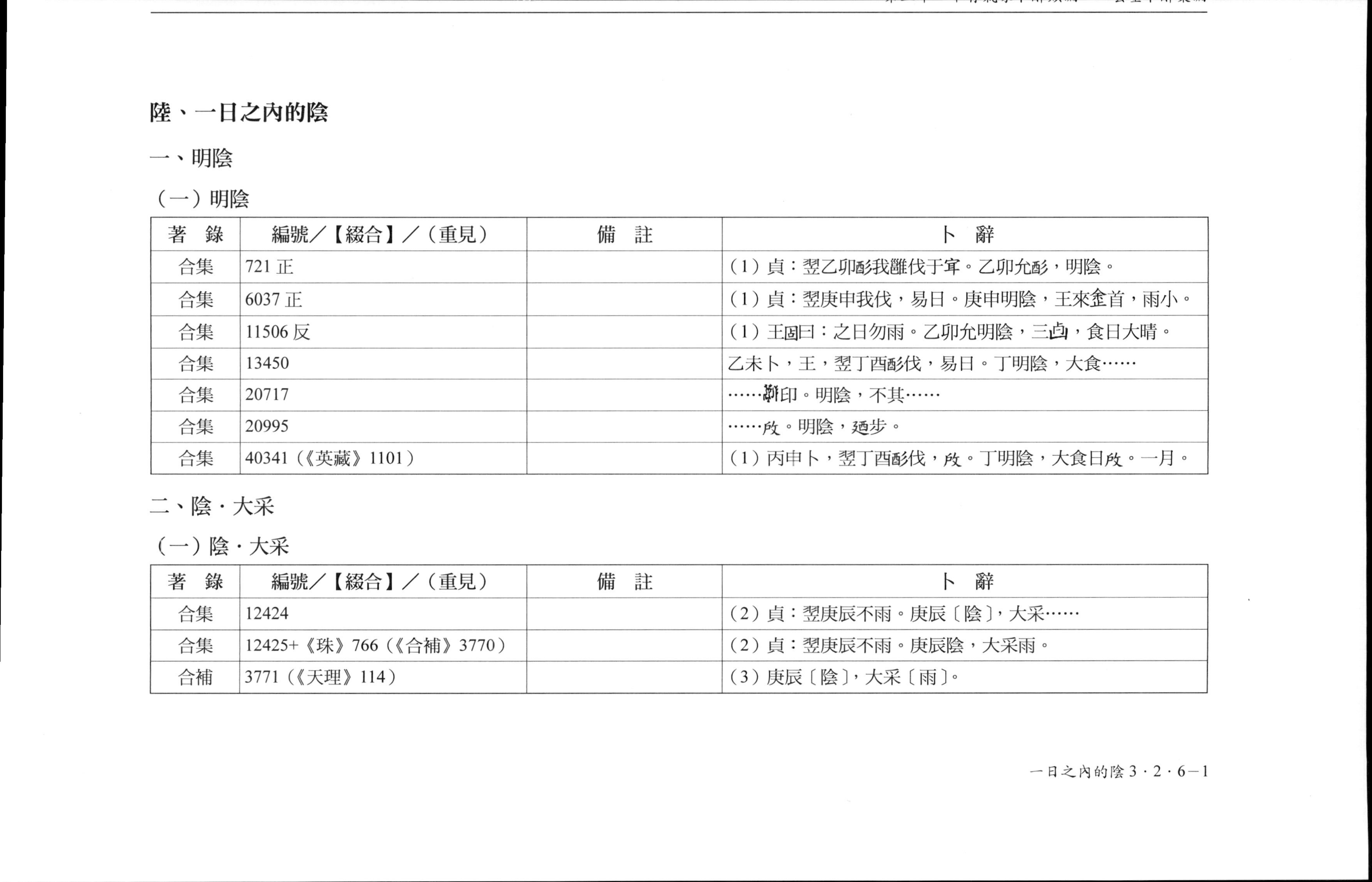

陸、一日之內的陰

一、明陰

（一）明陰

著　錄	編號／【綴合】／（重見）	備　註	卜　辭
合集	721 正		（1）貞：翌乙卯酚我雝伐于宭。乙卯允酚，明陰。
合集	6037 正		（1）貞：翌庚申我伐，易日。庚申明陰，王來途首，雨小。
合集	11506 反		（1）王固曰：之日勿雨。乙卯允明陰，三𠧴，食日大晴。
合集	13450		乙未卜，王，翌丁酉酚伐，易日。丁明陰，大食……
合集	20717		……𨙶印。明陰，不其……
合集	20995		……攸。明陰，迺步。
合集	40341（《英藏》1101）		（1）丙申卜，翌丁酉酚伐，攸。丁明陰，大食日攸。一月。

二、陰・大采

（一）陰・大采

著　錄	編號／【綴合】／（重見）	備　註	卜　辭
合集	12424		（2）貞：翌庚辰不雨。庚辰〔陰〕，大采……
合集	12425+《珠》766（《合補》3770）		（2）貞：翌庚辰不雨。庚辰陰，大采雨。
合補	3771（《天理》114）		（3）庚辰〔陰〕，大采〔雨〕。

三、陰・大食

（一）陰・大食

著　錄	編號／【綴合】／（重見）	備　註	卜　辭
合集	40341（《英藏》1101）		（1）丙申卜，翌丁酉酌伐，攸。丁明陰，大食日攸。一月。

四、昃・陰

（一）昃・陰

著　錄	編號／【綴合】／（重見）	備　註	卜　辭
合集	13312（下部重見《合集》15162）		（1）□□〔卜〕，爭，貞：翌乙卯其宜，易日。乙卯宜，允易日。昃陰，于西。六〔月〕。

五、夕・陰

（一）夕・陰

著　錄	編號／【綴合】／（重見）	備　註	卜　辭
合集	672 正+《故宮》74177（參見《合補》100 正）		（22）……翌癸卯帝不令風，夕陰。
合集	672 反+《故宮》74177（參見《合補》100 反）		……夕陰。
合集	11814+12907【《契》28】		（1）庚申卜，辛酉雨。 （2）辛酉卜，壬戌雨。風，夕陰。 （3）壬戌卜，癸亥雨。之夕雨。 （5）癸亥卜，甲子雨。

			（6）……雨…… （8）己巳卜，庚午雨。允雨。 （9）庚午不其雨。 （10）庚午卜，辛未雨。 （11）辛未不其雨。 （12）辛〔未〕卜，壬〔申〕雨。 （13）壬申不其雨。 （14）癸酉不其〔雨〕。
合集	13321		〔壬午〕……酉易……□夕〔陰〕……
合集	13461		翌……雨，□〔夕〕陰。

（二）夕……陰

著　錄	編號／【綴合】／（重見）	備　註	卜　辭
合集	12476+13447+《合補》4759【《契》31】		（1）丁酉卜，穷，貞：今夕亡𡆥。陰。
合集	13462		□夕攸……陰。

柒、一日以上的陰

一、今——陰

（一）今日．陰

著　錄	編號／【綴合】／（重見）	備　註	卜　辭
英藏	01845		其今日陰，不雨。

二、翌——陰

（一）翌日．陰

著　錄	編號／【綴合】／（重見）	備　註	卜　辭
合集	28537		（1）翌日戊王其田，不遘雨。 （2）田，翌日戊陰。吉。

（二）翌……陰

著　錄	編號／【綴合】／（重見）	備　註	卜　辭
合集	456 正		（1）甲午卜，爭，貞：翌乙未用羌。用，之日陰。

三、陰——月

（一）陰．月

著　錄	編號／【綴合】／（重見）	備　註	卜　辭
合集	13452		癸巳〔卜〕，翌甲〔午〕啟。甲陰。六月。

合集	13458		（2）……不雨……允陰。六月。
合集	20770		（2）不往，陰。十一月。
合集	20966		（1）癸酉卜，王〔貞〕：旬。四日丙子雨自北。丁雨，二日陰，庚辰……一月。
合集	40341（《英藏》1101）		（1）丙申卜，翌丁酉酌伐，攸。丁明陰，大食日攸。一月。
合集	40344（《英藏》1100）		……風……陰。十二月。
合補	3968（《懷特》248）		……風……陰。一月。

（二）陰・□月

著　錄	編號／【綴合】／（重見）	備　註	卜　辭
合集	21013		（2）丙子隹大風，允雨自北，以風。隹戊雨。戊寅不雨。芥曰：征雨，〔小〕采𢀛，兮日陰，不〔雨〕。庚戌雨陰征。□月。

捌、描述陰之狀態變化

一、允陰

（一）允陰

著　錄	編號／【綴合】／（重見）	備　註	卜　辭
合集	11506 反		（1）王固曰：之日勿雨。乙卯允明陰，三𠧟，食日大晴。
合集	13457（《旅順》576）		辛丑卜……允陰。〔註1〕
合集	13458		（2）……不雨……允陰。六月。
合集	14153 正乙		（1）丁卯卜，㱿，翌戊辰〔帝〕其令〔雨〕。戊…… （2）丁卯卜，㱿，翌戊辰帝不令雨。戊辰允陰。 （3）戊〔辰〕卜，㱿，〔翌〕己巳〔帝〕令〔雨〕。 （4）丙辰卜，㱿，翌己巳帝不令雨。 （7）辛未卜，〔㱿〕，翌壬〔申〕帝其〔令〕雨。 （8）辛未卜，〔㱿〕，翌壬〔申〕帝〔不令〕雨。壬〔申〕量。 （9）申壬〔卜，㱿〕翌癸〔酉〕帝其令雨。 （10）申壬卜，〔㱿〕翌癸酉帝不令雨。 （11）甲戌卜，㱿，翌乙亥帝其令雨。 （12）甲戌卜，㱿，翌乙亥帝不令雨。 （13）乙亥卜，㱿，翌丙子帝其令雨。 （14）乙亥卜，㱿，翌丙子帝不令雨。 （15）丙子卜，㱿，翌丁丑帝其令雨。

〔註1〕「辛」字據《旅順》576補。

合集	14153 反乙		（2）己巳帝允令雨至于庚。
合集	19780		丙辰卜，丁巳其陰印。允陰。
合集	19781		丙辰卜，丁巳其陰印。允陰。

玖、混和不同天氣現象的陰

一、陰・雨

（一）陰・雨

著　錄	編號／【綴合】／（重見）	備　註	卜　辭
合集	685 反		（3）王占曰：陰，不雨。壬寅不雨，風。
合集	6943		（8）辛酉卜，㱿，貞：自今至于乙丑其雨。壬戌雨，乙丑陰，不雨。
合集	11483 正		（1）〔癸未〕卜，爭，貞：翌〔甲〕申易日。之夕月㞢食，甲陰，不雨。
合集	11845		（2）……不雨。丁陰，庚夕雨，于壬雨……
合集	12359		庚寅卜，翌辛丑雨。陰。
合集	12424（《合補》3771）		（2）貞：翌庚辰不雨。庚辰〔陰〕，大采……
合集	12425+《珠》766【《合補》3770】		（2）貞：翌庚辰不雨。庚辰陰，大采雨。
合集	12357+12456+《英藏》1017（《合集》13446、《合補》3733）【《合補》13227】		（1）丁□卜，內，翌戊□雨。陰。 （2）丙戌卜，內，翌丁亥不其雨。丁亥雨。 （3）茲不卲，雨。 （4）丁亥卜，內，翌戊子不其雨。戊陰，不雨。 （5）戊子卜，內，翌己丑雨。己敎。 （6）〔己〕丑卜，內，翌庚寅雨。不雨，陰。 （7）翌己丑不其雨。 （8）〔庚〕寅不其雨。

合集	12926		……日允〔雨〕。乙巳陰。
合集	13448（《國博》53）		……〔翌〕日允雨，乙巳陰。
合集	13451		……日其雨。至于丙辰陰，不雨。
合集	20908		（1）戊寅卜，陰，其雨今日[illegible]。〔中〕日允〔雨〕。
合集	20922		癸卯，貞：旬。甲辰雨，乙巳陰，丙午弗𢼊。
合集	20923		（2）辛丑卜，𠂤，自今至于乙巳日雨。乙陰，不雨。
合補	3771（《天理》114）		（3）庚辰〔陰〕，大采〔雨〕。

二、陰・啟

（一）陰・啟

著　錄	編號／【綴合】／（重見）	備　註	卜　辭
合集	20922		癸卯，貞：旬。甲辰雨，乙巳陰，丙午弗𢼊。
合集	13074 甲+13074 乙+13449【《契》37】		（1）丁……翌……𢼊 （2）辛丑卜，穷，翌壬寅𢼊。壬寅陰。 （3）壬寅卜，穷，翌癸卯易日。允易日。 （4）癸卯卜，穷，翌甲辰𢼊。允𢼊。 （5）甲辰卜，穷：翌乙巳不其𢼊。 （6）乙巳卜，穷：翌丙午不其𢼊。 （7）□□□，□翌丁未……其𢼊。
合集	13140		（4）辛未卜，內，翌壬申𢼊。壬冬日陰。
合集	13449		（2）辛丑卜，穷，翌壬寅𢼊。壬寅陰。
合集	13454		□酉卜，王，翌□戌𢼊……陰。

三、陰·風

（一）陰·風

著　錄	編號／【綴合】／（重見）	備　註	卜　辭
合集	685 反		（3）王固曰：陰，不雨。壬寅不雨，風。
合集	13382		……風……陰……
合集	21013		（2）丙子隹大風，允雨自北，以風。隹戊雨。戊寅不雨。[illegible]曰：征雨，〔小〕采[illegible]，兮日，陰，不〔雨〕。庚戌雨陰征。□月。
合集	40344（《英藏》1100）		……風……陰。十二月。
合補	3968（《懷特》248）		……風……陰。一月。

拾、卜陰之辭

一、陰

著　錄	編號／【綴合】／（重見）	備　註	卜　辭
合集	641 正+《乙》7681+《乙補》1447+《乙補》1557【《醉》27】		（4）來甲戌，其雨。
合集	641 反+《乙》7681+《乙補》1447+《乙補》1557【《醉》27】		（1）王固曰：陰。
合集	13445		（2）辛丑卜，爭，翌壬寅易日。壬寅陰。
合集	20988		（2）戊戌卜，其陰翌己印。
合集	20990		（1）丁未陰。
合集	21777		（2）乙陰。
合集	40865（《合補》6858、《懷特》1496）		（1）庚寅又陰。

（一）……陰……

著　錄	編號／【綴合】／（重見）	備　註	卜　辭
合集	13046		……暈，冬……陰，甲子……暈，征〔攺〕……
合集	13141		（2）〔翌〕……攺……陰。
合集	13160		（3）……陰。
合集	13231		丙□〔卜〕，□，貞：翌庚□易日。庚□陰……
合集	13382		……風……陰……
合集	13453 正		貞：茲陰……〔隹〕……

合集	13455		……吉……陰……
合集	13456（《合集》40343）		……陰……𡆥。
合集	13460 正		日……陰……
合集	13462		□夕攺……陰。
合集	13463		（2）……步……大……陰。
合集	13464		……冬……陰。
合集	20470		（5）……陰，不雨。
合集	40342（《英藏》1102）		……至……冬日陰……雨。
合集	40344（《英藏》1100）		……風……陰。十二月。
合補	3966		……隹艱……陰……
合補	3967		（1）……陰……
合補	3968（《懷特》248）		……風……陰。一月。
合補	5987 反		……陰……
屯南	2866		……貞：令𠂤比，陰……
英藏	00446 反		……陰……其……〔雨〕……
旅順	577	填墨	（1）……□陰…… （2）……陰……雨……
懷特	239		……㞢攺……陰……
懷特	254		……隹陰……不……

第三節　雲

貳、表示程度大小的雲

一、大雲

（一）大雲

著　錄	編號／【綴合】／（重見）	備　註	卜　辭
合集	19769		（2）……風……化隹……北西……大云……

二、攸雲

（一）攸雲

著　錄	編號／【綴合】／（重見）	備　註	卜　辭
合集	27435		（3）攸云。

參、描述方向性的雲

一、各雲

（一）各雲

著　錄	編號／【綴合】／（重見）	備　註	卜　辭
合集	10405 反		（4）王固曰：㞢希。八月庚戌㞢各云自東面母，昃〔亦〕㞢出虹自北㱃于河。□月。
合集	10406 反		（4）王固曰：㞢希。八月庚戌㞢各云自東面母，昃亦㞢出虹自北㱃于〔河〕。
合集	11501+11726【《合補》2813、《綴集》83】		……𦍒。大采姳云自北，西單雷……〔小〕采日，鳥晴。三月。
合集	13442 正		戌……又。王固〔曰〕……隹丁吉，其……□未允……允㞢異，明〔㞢各〕云……昃亦㞢異，㞢出虹自北，〔㱃〕于河。才十二月。
合集	20974		（1）己酉卜……雨[illegible]，雨。各云，〔不〕雨。
合集	20944+20985【《合補》6810】		（2）……旬……各云……〔雨〕暈……
合集	20988		（3）攺，不見云。
合集	21011		（2）……采各云自……各云……征大風自西，㓷……母……
合集	21021 部份+21316+21321+21016【《綴彙》776】		（1）癸未卜，貞：旬。甲申人定雨……雨……十二月。 （4）癸卯貞，旬。□大〔風〕自北。 （5）癸丑卜，貞：旬。甲寅大食雨自北。乙卯小食大啟。丙辰中日大雨自南。

			（6）癸亥卜，貞：旬。一月。昃雨自東。九日辛丑大采，各云自北，雷征，大風自西刜云，率〔雨〕，母畜日……一月。 （8）癸巳卜，貞：旬。之日巳，羌女老，征雨小。二月。 （9）……大采日，各云自北，雷，風，茲雨不征，隹蜍…… （10）癸亥卜，貞：旬。乙丑夕雨，丁卯明雨……采日雨。〔風〕。己明啟。三月。
合集	21022		（4）……云其雨，不雨。 （5）各云不其雨，允不攺。
合集	40346（《英藏》1852）		戊……各云，自……風，雷……夕己……

二、雲・自

（一）雲・自

著　錄	編號／【綴合】／（重見）	備　註	卜　辭
合集	10405 反		（4）王固曰：㞢希。八月庚戌㞢各云自東面母，昃〔亦〕㞢出虹自北歙于河。□月。
合集	10406 反		（4）王固曰：㞢希。八月庚戌㞢各云自東面母，昃亦㞢出虹自北歙于〔河〕。
合集	11501+11726【《合補》2813、《綴集》83】		……苯。大采娢云自北，西單雷……〔小〕采日，鳥晴。三月。
合集	13405 正		……王𠂤，王窔……云各自……自北，唐……〔磬京〕……云，〔大〕……
合集	21011		（2）……采各云自……大風自西，刜……母……
合集	21021 部份+21316+21321+21016【《綴彙》776】		（1）癸未卜，貞：旬。甲申人定雨……雨……十二月。 （4）癸卯貞，旬。□大〔風〕自北。

			（5）癸丑卜，貞：旬。甲寅大食雨自北。乙卯小食大啟。丙辰中日大雨自南。 （6）癸亥卜，貞：旬。一月。昃雨自東。九日辛丑大采，各云自北，雷征，大風自西刜云，率〔雨〕，母着日……一月。 （8）癸巳卜，貞：旬。之日巳，羌女老，征雨小。二月。 （9）……大采日，各云自北，雷，風，茲雨不征，隹蜍…… （10）癸亥卜，貞：旬。乙丑夕雨，丁卯明雨……采日雨。〔風〕。己明啟。三月。
合補	3852 正（《東大》1020 正）		……云自南，雨。

肆、與祭祀相關的雲

一、竟・雲

（一）竟・雲

著　錄	編號／【綴合】／（重見）	備　註	卜　辭
合集	1051 正		（1）己丑卜，爭，貞：亦乎雀竟于云彪。 （2）貞：勿呼雀竟于云彪。
合集	13400		乙卯卜，㱿，〔貞〕：竟于云……
合集	13401		〔貞〕：竟于三云。
合集	13402		……竟〔于〕云，一羊。
合集	14227		（1）貞：竟于帝云。
合集	21083		（1）竟云，不雨。
合集	33273+41660（部份重見《合集》34707）【《合補》10639】		（15）癸酉卜，又竟于六云五豕，卯五羊。 （16）癸酉卜，又竟于六云六豕，卯六羊。
合集	40866+《庫》976【《合補》13267】		（2）己卯卜，竟犬四云。
屯南	0770		（2）竟于云，雨。

二、酌・雲

（一）酌・雲

著　錄	編號／【綴合】／（重見）	備　註	卜　辭
合集	13399 正		己亥卜，永，貞：翌庚子酌……王固曰：茲隹庚雨卜。之〔夕〕雨，庚子酌三嗇云，𧉮〔其〕……既祁，启。

屯南	651+671+ 689【《綴彙》358】		（2）叀三羊用，又雨。大吉 （3）叀小宰，又雨。吉 （4）叀岳先酌，廼酌五云，又雨。大吉 （5）……五云……酌。

三、雲・犧牲

（一）雲・犧牲

著　錄	編號／【綴合】／（重見）	備　註	卜　辭
合集	12484		（1）戊戌……云，豕㞢犬。
合集	13402		……夒〔于〕云，一羊。
合集	33273+41660（部份重見《合集》34707）【《合補》10639】		（15）癸酉卜，又夒于六云五豕，卯五羊。 （16）癸酉卜，又夒于六云六豕，卯六羊。
合集	40866+《庫》976【《合補》13267】		（2）己卯卜，夒犬四云。

伍、對雲的心理狀態

一、壱雲

（一）壱雲

著　錄	編號／【綴合】／（重見）	備　註	卜　辭
合集	13403+《乙補》2702+18730 正【《醉》259】		（1）貞：隹[illegible]壱茲云。 （2）貞：不隹[illegible]壱〔茲〕云。
合集	13403		（1）貞：隹□□壱云。 （2）貞：隹□□壱云。
屯南	2105		（6）隹高祖亥〔壱〕云。

二、雲──大吉

（一）雲──大吉

著　錄	編號／【綴合】／（重見）	備　註	卜　辭
合集	689+《屯南》651+《屯南》671		（3）叀岳先彭，廼彭五云，又雨。大吉 （4）……五云……彭。
屯南	651+671+ 689【《綴彙》358】		（2）叀三羊用，又雨。大吉 （3）叀小宰，又雨。吉 （4）叀岳先彭，廼彭五云，又雨。大吉 （5）……五云……彭。

陸、一日之內的雲

一、雲……昃

（一）云……昃

著　錄	編號／【綴合】／（重見）	備　註	卜　辭
合集	11728 正+13159 正【《甲拼續》582】		貞：翌辛巳易日。
合集	11728 反+13159 反【《甲拼續》582】		……勿攺，其云椎其昃日。
合集	13442 正		戊……又。王固〔曰〕……隹丁吉，其……□未允……允虫異，明〔虫各〕云……昃亦虫異，虫出虹自北，〔歙〕于河。才十二月。

二、雲……夕

著　錄	編號／【綴合】／（重見）	備　註	卜　辭
合集	13398		乙酉卜，貞：……云夕……

柒、混和不同天氣現象的雲

一、雲·雨

（一）雲·雨

著　錄	編號／【綴合】／（重見）	備　註	卜　辭
合集	689+《屯南》651+《屯南》671		（3）叀岳先酌，廼酌五云，又雨。大吉 （4）……五云……酌。
合集	5600		（3）貞：茲云雨。
合集	12886		……云……雨……不隹囚。
合集	13385		（2）貞：茲云〔其〕雨。
合集	13385+1558【《契》39】		（1）貞……不……雨。 （3）貞：茲云其雨。
合集	13386（《合集》40349）		庚寅。貞：茲二云其雨。
合集	13387		（2）貞：茲云其雨。
合集	13390 正		（3）貞：茲朿云其雨。 （4）貞：茲朿云不其雨。
合集	13391 正甲		〔茲〕云其降〔雨〕。
合集	13391 正乙		（1）〔貞〕：茲云其虫降其雨。
合集	13392		（1）□□〔卜〕，亘，貞：茲云征雨。
合集	13393		（2）茲云雨。
合集	13396		……云……雨……隹……

合集	13399 正		己亥卜，永，貞：翌庚子酓……王固曰：茲隹庚雨卜。之〔夕〕雨，庚子酓三嗇云，𧆨〔其〕……既祁，攸。
合集	13404（《旅順》573）		……其雨，不……入云。𢆶……若，茲𩃬……暈……既𢼄牛……印。大隻……上[illegible]鼎刿……云，大㚇……攸。
合集	13649+13646 正【《合補》3992 遙綴】		（3）癸卯〔卜〕，𡆥，貞：茲云其雨。
合集	17072		（1）貞：〔今〕茲〔云〕雨。
合集	20944+20985【《合補》6810】		（2）……旬……各云……〔雨〕暈……
合集	20974		（1）己酉卜……雨𢀛，雨。各云，〔不〕雨。
合集	21021 部份+21316+21321+21016【《綴彙》776】		（1）癸未卜，貞：旬。甲申人定雨……雨……十二月。 （4）癸卯貞，旬。□大〔風〕自北。 （5）癸丑卜，貞：旬。甲寅大食雨自北。乙卯小食大啟。丙辰中日大雨自南。 （6）癸亥卜，貞：旬。一月。昃雨自東。九日辛丑大采，各云自北，雷祉，大風自西刜云，率〔雨〕，母蕭日……一月。 （8）癸巳卜，貞：旬。之日巳，羌女老，祉雨小。二月。 （9）……大采日，各云自北，雷，風，茲雨不祉，隹蜍…… （10）癸亥卜，貞：旬。乙丑夕雨，丁卯明雨……采日雨。〔風〕。己明啟。三月。
合集	21022		（4）……云其雨，不雨。 （5）各云不其雨，允不攸。
合集	21083		（1）𡋯云，不雨。
合補	3852 正（《東大》1020 正）		……云自南，雨。
合補	3992 正乙		（2）癸卯〔卜〕，𡆥，貞：茲云其雨。

屯南	651+671+689【《綴彙》358】		（2）叀三羊用，又雨。大吉 （3）叀小宰，又雨。吉 （4）叀岳先酻，廼酻五云，又雨。大吉 （5）……五云……酻。
屯南	0770		（2）尞于云，雨。

二、雲・啟

（一）雲・啟

著 錄	編號／【綴合】／（重見）	備　註	卜　辭
合集	11728 正+13159 正【《甲拼續》582】		貞：翌辛巳易日。
合集	11728 反+13159 反【《甲拼續》582】		……勿攺，其云榷其昃日。
合集	13399 正		己亥卜，永，貞：翌庚子酻……王固曰：玆隹庚雨卜。之〔夕〕雨，庚子酻三嗇云，蝨〔其〕……既祝，攺。
合集	13404（《旅順》573）		……其雨，不……入云。炋……若，玆孽……暈……既改牛……印。大雋……上[illegible]鼎刿……云，大𡗩……攺。
合集	40351		……云……攺。

三、雲・虹

（一）雲・虹

著　錄	編號／【綴合】／（重見）	備　註	卜　辭
合集	10405 反		（4）王固曰：㞢希。八月庚戌㞢各云自東面母，昃〔亦〕㞢出虹自北飲于河。□月。

合集	10406 反		（4）王固曰：㞢希。八月庚戌㞢各云自東面母，昃亦㞢出虹自北㱃于〔河〕。
合集	13442 正		戌……又。王固〔曰〕……隹丁吉，其……□未允……允㞢異，明〔㞢各〕云……昃亦㞢異，㞢出虹自北，〔㱃〕于河。才十二月。

四、風・雲

（一）風・雲

著　錄	編號／【綴合】／（重見）	備　註	卜　辭
合集	19769		（2）……風……化隹……北西……大云……
合集	21011		（2）……采各云自……征大風自西，剌……母……
合集	21021 部份+21316+21321+21016 【《綴彙》776】		（1）癸未卜，貞：旬。甲申人定雨……雨……十二月。 （4）癸卯貞，旬。□大〔風〕自北。 （5）癸丑卜，貞：旬。甲寅大食雨自北。乙卯小食大啟。丙辰中日大雨自南。 （6）癸亥卜，貞：旬。一月。昃雨自東。九日辛丑大采，各云自北，雷征，大風自西剌云，率〔雨〕，母譱日……一月。 （8）癸巳卜，貞：旬。之日巳，羌女老，征雨小。二月。 （9）……大采日，各云自北，雷，風，茲雨不征，隹㛄…… （10）癸亥卜，貞：旬。乙丑夕雨，丁卯明雨……采日雨。〔風〕。己明啟。三月。
合集	40346（《英藏》1852）		戌……各云，自……風，雷……夕己……

五、雲·雷

（一）雲·雷

著　錄	編號／【綴合】／（重見）	備　註	卜　辭
合集	11501+11726【《合補》2813、《綴集》83】		……**莘**。大采狢云自北，西單雷……〔小〕采日，鳥晴。三月。
合集	13418		……羞……云〔雷〕……
合集	21021 部份+21316+21321+21016【《綴彙》776】		（1）癸未卜，貞：旬。甲申人定雨……雨……十二月。 （4）癸卯貞，旬。□大〔風〕自北。 （5）癸丑卜，貞：旬。甲寅大食雨自北。乙卯小食大啟。丙辰中日大雨自南。 （6）癸亥卜，貞：旬。一月。昃雨自東。九日辛丑大采，各云自北，雷征，大風自西刜云，率〔雨〕，母譱日……一月。 （8）癸巳卜，貞：旬。之日巳，羌女老，征雨小。二月。 （9）……大采日，各云自北，雷，風，茲雨不征，隹蜍…… （10）癸亥卜，貞：旬。乙丑夕雨，丁卯明雨……采日雨。〔風〕。己明啟。三月。
合集	40346（《英藏》1852）		戊……各云，自……風，雷……夕已……

捌、卜云之辭

一、雲

著　錄	編號／【綴合】／（重見）	備　註	卜　辭
合集	19786		（1）……己印，不見云。
合集	21197（《史語所》20）		……云……
合集	40350		□辰……云。
合補	3971		□午卜……云……

二、茲雲

著　錄	編號／【綴合】／（重見）	備　註	卜　辭
合集	5600		（3）貞：茲云雨。
合集	13403+《乙補》2702+18730 正【《醉》259】		（1）貞：隹[illegible]壱茲云。 （2）貞：不隹[illegible]壱〔茲〕云。
合集	13384		□〔酉〕卜，〔㞢〕，貞：茲云……
合集	13385		（2）貞：茲云〔其〕雨。
合集	13385+1558【《契》39】		（1）貞……不……雨。 （3）貞：茲云其雨。
合集	13386（《合集》40349）		庚寅。貞：茲二云其雨。
合集	13387		（2）貞：茲云其雨。
合集	13388 正		貞：茲云……

合集	13389		（1）貞：茲云其伐…… （2）貞：茲云其伐……
合集	13390 正		（3）貞：茲朿云其雨。 （4）貞：茲朿云不其雨。
合集	13391 正甲		〔茲〕云其降〔雨〕。
合集	13391 正乙		（1）〔貞〕：茲云其㞢降其雨。
合集	13392		（1）□□〔卜〕，亘，貞：茲云祉雨。
合集	13393		（2）茲云雨。
合集	13394		……宜，今茲云……
合集	13395 正		……茲〔云〕……
合集	13397		……□未……〔茲〕云……其……
合集	13399 正		己亥卜，永，貞：翌庚子酘……王固曰：茲隹庚雨卜。之〔夕〕雨，庚子酘三嗇云，蠢〔其〕……既祇，攺。
合集	13404（《旅順》573）		……其雨，不……入云。坏……若，茲孽……暈……既故牛……印。大雋……上𠂤鼎刿……云，大爰……攺。
合集	13649+13646 正【《合補》3992 遙綴】		（3）癸卯〔卜〕，古，貞：茲云其雨。
合集	17072		（1）貞：〔今〕茲〔云〕雨。
合補	3992 正乙		（2）癸卯〔卜〕，古，貞：茲云其雨。

第四章　甲骨氣象卜辭類編——陽光卜辭彙編

第一節　晴

貳、表示時間長度的晴

一、倏晴

（一）倏晴

著　錄	編號／【綴合】／（重見）	備　註	卜　辭
合集	11497 正		（3）丙申卜，㱿，貞：來乙巳酚下乙。王固曰：酚，隹㞢希，其㞢異。乙巳酚，明雨，伐既，雨，咸伐，亦雨，㱃卯鳥，晴。

合集	11498 正		（3）丙申卜，㱿，貞：〔來〕乙巳酢下乙。王固曰：酢，隹㞢希，其㞢異。乙巳明雨，伐既，雨，咸伐，亦雨，𢦔鳥，晴。
合集	11500 正		（2）……霋。庚子𢦏鳥，晴。七月。
合集	11501+11726		……𦔽。大采格雲自北，西單雷……〔小〕采日，鳥晴。三月。

參、表示程度大小的晴

一、大晴

（一）大晴

著　錄	編號／【綴合】／（重見）	備　註	卜　辭
合集	11502		……冬夕……亂，亦大晴。
合集	11506 反		（1）王固曰：之日勿雨。乙卯允明陰，三卤，食日大晴。

肆、對晴的心理狀態

一、不・晴

（一）不・晴

著　錄	編號／【綴合】／（重見）	備　註	卜　辭
合集	11495 正		貞：翌壬辰不其晴。
合集	11496 正		貞：翌戊申毋其晴。

伍、一日之內的晴

一、小采・晴

（一）小采・晴

著　錄	編號／【綴合】／（重見）	備　註	卜　辭
合集	11501+11726【《合補》2813、《綴集》83】		……莑。大采焰云自北，西單雷……〔小〕采日，鳥晴。三月。

二、食日・晴

（E　）食日・晴

著　錄	編號／【綴合】／（重見）	備　註	卜　辭
合集	11506 反		（1）王固曰：之日勿雨。乙卯允明陰，三𠧟，食日大晴。

三、夕・晴

（一）夕……晴

著　錄	編號／【綴合】／（重見）	備　註	卜　辭
合集	11502		……冬夕……㐭，亦大晴。

陸、一日以上的晴

一、翌·晴

（一）翌·晴

著　錄	編號／【綴合】／（重見）	備　註	卜　辭
合集	11495 正		貞：翌壬辰不其晴。
合集	11496 正		貞：翌戊申母其晴。

二、晴·月

（一）晴·月

著　錄	編號／【綴合】／（重見）	備　註	卜　辭
合集	11494		……晴。七月。
合集	11500 正		（2）……雺。庚子蓺鳥，晴。七月。
合集	11501+11726【《綴集》83】		……辇。大采格雲自北，西單雷……〔小〕采日，鳥晴。三月。

柒、卜晴之辭

一、晴

著　錄	編號／【綴合】／（重見）	備註	卜　辭
合集	11488		貞……其〔新〕晴。
合集	11489		乙未……晴。
合集	11490		晴。
合集	11491		晴。
合集	11492		晴。
合集	11493		……翌庚戌步……[illegible]，㞢……〔晴〕。

第二節　暈

貳、描述方向性的暈

一、自……暈

（一）自……暈

著　錄	編號／【綴合】／（重見）	備　註	卜　辭
合集	20944+20985【《合補》6810】		（5）……旬……各云自東……〔雨〕，暈。

參、對暈的心理狀態

一、不暈

（一）不暈

著　錄	編號／【綴合】／（重見）	備　註	卜　辭
合集	20986		（1）壬辰卜，乍不暈。
合集	20964+21310+21025+20986【《綴彙》165】		（1）癸卯卜，貞：旬。四月乙巳中𣅀雨。 （3）癸丑卜，貞：旬。五月庚申寐人雨自西。夕既。 （4）辛亥[illegible]雨自東，小…… （5）……〔虹〕西…… （7）壬辰卜□乍不暈。

肆、一日以上的暈

一、暈……月

（一）暈……月

著　錄	編號／【綴合】／（重見）	備　註	卜　辭
合集	20987		□□〔卜〕，……暈……四月。

伍、混和不同天氣現象的暈

一、暈・雨

（一）暈・雨

著　錄	編號／【綴合】／（重見）	備　註	卜　辭
合集	6928 正		（7）乙酉暈，旬癸〔巳〕㞢，甲午〔雨〕。
合集	12376+《乙》4906+《乙》8543+《乙補》3501+《乙》4767+《乙》8374+《乙補》4215【《醉》368】		（3）壬申卜，內，貞：翌乙亥其〔雨〕。乙亥□暈。 （4）壬申卜，內，貞：翌乙亥不雨。乙亥……
合集	13048		（4）……雨……甲午暈。
合集	13049		（2）……酉暈，〔祉〕雨。
合集	14153 正乙		（8）辛未卜，〔㱿〕，翌壬〔申〕帝〔不令〕雨。壬〔申〕暈。
合集	20944+20985【《合補》6810】		（5）……旬……各云自東……〔雨〕，暈。

二、雲・雨・暈

（一）雲・雨・暈

著　錄	編號／【綴合】／（重見）	備　註	卜　辭
合集	20944+20985【《合補》6810】		（5）……旬……各云自東……〔雨〕，暈。

三、暈・啟

（一）暈・啟

著　錄	編號／【綴合】／（重見）	備　註	卜　辭
合集	13046		……暈，冬……陰，甲子……暈，祉〔攺〕……

陸、卜暈之辭

一、暈

著　錄	編號／【綴合】／（重見）	備　註	卜　辭
合集	974 正+17481【《合補》5124 部份】		（3）丁卯暈
合集	7923		……折，暈……
合集	10617 反		（2）……暈，〔𡆥〕。
合集	13047		王〔固〕曰：其暈……〔征〕……
合集	13050 正		□〔巳〕暈……
合集	13051		□〔未〕暈……
合集	20984		辛未〔卜〕，，令……暈凡……〔鬼〕……
合集	31303+31319【《合補》9990】		（2）𧇊……暈……
合補	3973		……暈……

第三節　虹

貳、一日之內的虹

一、旦……虹

（一）旦……虹

著　錄	編號／【綴合】／（重見）	備　註	卜　辭
合集	21025		九日辛亥旦大雨自東，小……〔虹〕西。

二、昃……虹

（一）昃……虹

著　錄	編號／【綴合】／（重見）	備　註	卜　辭
合集	13442 正		戊……又。王固〔曰〕……隹丁吉，其……□未允……允㞢異，明〔㞢各〕云……昃亦㞢異，㞢出虹自北，〔歙〕于河。才十二月。

參、描述方向性的虹

一、虹・方向

（一）虹・方向

著　錄	編號／【綴合】／（重見）	備　註	卜　辭
合集	10405 反		（4）王固曰：㞢希。八月庚戌㞢各云自東面母，昃〔亦〕㞢出虹自北㱃于河。□月。
合集	10406 反		（4）王固曰：㞢希。八月庚戌㞢各云自東面母，昃亦㞢出虹自北㱃于〔河〕。
合集	13442 正		戊……又。王固〔曰〕……隹丁吉，其……□未允……允㞢異，明〔㞢各〕云……昃亦㞢異，㞢出虹自北，〔㱃〕于河。才十二月。
合集	13444		……庚吉，其㞢設，虹于西……
合集	21025		九日辛亥旦大雨自東，小……〔虹〕西。
合集	20964+21310+21025+20986【《綴彙》165】		（1）癸卯卜，貞：旬。四月乙巳中𩂈雨。 （3）癸丑卜，貞：旬。五月庚申寐人雨自西。夗既。 （4）辛亥□雨自東，小…… （5）……〔虹〕西…… （7）壬辰卜□乍不𩰪。

肆、卜虹之辭

一、虹

著　錄	編號／【綴合】／（重見）	備　註	卜　辭
合集	13441		貞：虹□□[卜]。
合集	13443 正		（2）庚寅卜，𡆥，貞：虹隹年。 （3）庚寅卜，𡆥，貞：虹不隹年。

第五章　甲骨氣象卜辭類編——風卜辭彙編

第一節　風

貳、表示時間長度的風

一、祉風

（一）祉風

著　錄	編號／【綴合】／（重見）	備　註	卜　辭
合集	13337		（1）貞：今日其祉風。

合集	20486		（1）辛亥卜，方至。不至……告。征風。
合集	21014		（2）庚午日征風自北，夕□……
合集	21021 部份+21316+21321+21016【《綴彙》776】		（1）癸未卜，貞：旬。甲申定人雨……雨……十二月。 （4）癸卯貞，旬。□大〔風〕自北。 （5）癸丑卜，貞：旬。甲寅大食雨自北。乙卯小食大啟。丙辰中日大雨自南。 （6）癸亥卜，貞：旬。一月。昃雨自東。九日辛丑大采，各云自北，雷征，大風自西刜云，率〔雨〕，母譱日……一月。 （8）癸巳卜，貞：旬。之日巳，羌女老，征雨小。二月。 （9）……大采日，各云自北，雷，風，茲雨不征，隹婞…… （10）癸亥卜，貞：旬。乙丑夕雨，丁卯明雨……采日雨。〔風〕。己明啟。三月。
合集	24863		貞：今夕不其征〔風〕。
合集	40347（《英藏》1099）		□戌……雨，不征風。
屯南	4349		己亥卜，庚子又大征，不風。

參、表示程度大小的風

一、大風

（一）大風

著　錄	編號／【綴合】／（重見）	備　註	卜　辭
合集	13367		戊寅……大風……隹……
合集	20757		（1）己亥卜，不征，雨歎玟印。 （2）庚子卜，不征，大風，歎玟。
合集	21010		（1）甲申□雨，大霎。〔庚〕寅大攺。〔辛〕卯大風自北，以…… （2）……采各云自……征大風自西，刜……母……
合集	21011		（2）乙卯卜，翌丁巳其大風。
合集	21012+21863【《醉》262】		（2）乙卯卜，翌丁巳其大風。
合集	21013		（2）丙子隹大風，允雨自北，以風。隹戊雨。戊寅不雨。㚔曰：征雨，〔小〕采𡆥，兮日，陰，不〔雨〕。庚戌雨陰征。□月。
合集	21016		（1）……〔旬〕大〔風〕自北。 （2）癸亥卜，貞：旬。二月。乙丑夕雨。丁卯明雨。戊小采日雨，止〔風〕。己明啟。
合集	21019		（1）辛未卜，王，貞：今辛未大風不隹囚。
合集	21021部份+21316+21321+21016【《綴彙》776】		（1）癸未卜，貞：旬。甲申定人雨……雨……十二月。 （4）癸卯貞，旬。□大〔風〕自北。 （5）癸丑卜，貞：旬。甲寅大食雨自北。乙卯小食大啟。丙辰中日大雨自南。

			（6）癸亥卜，貞：旬。一月。昃雨自東。九日辛丑大采，各云自北，雷征，大風自西剚云，率〔雨〕，母譱日……一月。 （8）癸巳卜，貞：旬。之日巳，羌女老，征雨小。二月。 （9）……大采日，各云自北，雷，風，茲雨不征，隹妕…… （10）癸亥卜，貞：旬。乙丑夕雨，丁卯明雨……采日雨。〔風〕。己明啟。三月。
合集	28554		（1）王其田，遘大風。大吉 （2）其遘大風。吉
合集	30225		其又大風。
合集	30226		……大風。
合集	30227		其大〔風〕。
合集	30228		……大〔風〕。
合集	30229		丁酉卜，大〔風〕。
合集	30230		乙巳其大〔風〕。吉
合集	30231		（1）其遘大風。
合集	30233		□遘大風。
合集	30236		其遘大風。
合集	30237		其遘大風。
合集	30239		其遘大〔風〕。
合集	30243		（1）其冓大風。
合集	30245		……大〔風〕。
合集	30247		（2）大風。弘吉　茲用
合集	30248		叀戍，大風。吉

合集	30257		……其孚，〔乎〕……大〔風〕。
合集	30239（《安明》1924）+《屯南》815【《甲拼》173】		（5）其冓大風。
蘇德美日	《德》297		……其遘大風。
屯南	0546		其冓大風。
屯南	0588		（5）王其田，不冓〔大〕風。
屯南	2395		（4）其冓大風。

二、㚇風

（一）㚇風

著　錄	編號／【綴合】／（重見）	備　註	卜　辭
合集	137 正（《國博》36 正）		（2）癸卯卜，爭，貞：旬無囚。甲辰□大㚇風，之夕㞢。乙巳□奉□五人。五月才〔䧹〕。
合集	367 正		（2）癸卯卜，㱿，〔貞：旬亡〕囚。王固曰：㞢希……〔大〕㚇風，〔之夕〕㞢……羌五。
合集	10863 正【《醉》150】		（6）乙未卜，爭，貞：翌丁酉王步。丙申㞢（饗）丁酉大㚇風。十月。
合集	13359		壬寅卜，癸雨，大㚇風。
合集	13360		丁酉大㚇風。十月。
合集	13361		（3）〔癸〕亥卜，〔貞〕：旬壬〔申大〕㚇風。
合集	13362 正		（2）〔癸卯卜，爭，貞：旬亡囚。甲辰〕大㚇風，〔之夕〕㞢。乙巳疫奉〔□五〕人。五月。才䧹。

合集	13363		（2）庚寅大𡕾風。
合集	13364		……□戌易〔日〕……〔大〕𡕾〔風〕。
合集	《合補》2294+13377+18792+18795 【《甲拼續》458、《綴彙》335】		（1）癸……旬亡〔𡆥〕……㞢七日𪓐己卯〔大〕采日大𡕾風，雨。𡆧伐。五〔月〕。
合集	1166 甲		（2）三……㞢……𡕾風□允。
英藏	01096		（3）……〔易〕日……夕𡕾〔風〕。
合集	3979 反		（2）𡕾風。
合集	13366		乙巳卜，王……𡨦三牛……于……不用。四日……𡕾風。

三、㚣風

（一）㚣風

著　錄	編號／【綴合】／（重見）	備　註	卜　辭
合集	20959		□□卜……㚣風……采雨……六日戊……
合集	21016		（2）癸亥卜，貞：旬。二月。乙丑夕雨。丁卯㚢雨。戊小采日雨，㚣風。己明啟。

四、小風

（一）小風

著　錄	編號／【綴合】／（重見）	備　註	卜　辭
合集	28972		（1）其遘大風。 （2）不遘小風。 （3）……小風。

合集	30234		其遘小風。
合集	34483		（1）隹小風。
屯南	0619		（3）不遘小風。 （4）其遘小風。 （5）不遘大風。大吉　茲用 （6）其遘大風。

肆、描述方向性的風

一、風·自

（一）風·自

著　錄	編號／【綴合】／（重見）	備　註	卜　辭
合集	21010		（1）甲申□雨，大霎。〔庚〕寅大攺。〔辛〕卯大風自北，以…… （2）……采各云自……祉大風自西，刜……母……
合集	21014		（2）庚午日祉風自北，夕□……
合集	21016		（1）……〔旬〕大〔風〕自北。 （2）癸亥卜，貞：旬。二月。乙丑夕雨。丁卯明雨。戊小采日雨，止〔風〕。己明啟。
合集	21021 部份+21316+21321+21016 【《綴彙》776】		（1）癸未卜，貞：旬。甲申定人雨……雨……十二月。 （4）癸卯貞，旬。□大〔風〕自北。 （5）癸丑卜，貞：旬。甲寅大食雨自北。乙卯小食大啟。丙辰中日大雨自南。 （6）癸亥卜，貞：旬。一月。昃雨自東。九日辛丑大采，各云自北，雷祉，大風自西刜云，率〔雨〕，母譱日……一月。 （8）癸巳卜，貞：旬。之日巳，羌女老，祉雨小。二月。 （9）……大采日，各云自北，雷，風，茲雨不祉，隹媄…… （10）癸亥卜，貞：旬。乙丑夕雨，丁卯明雨……采日雨。〔風〕。己明啟。三月。

伍、與祭祀相關的風

一、寧風

（一）寧風

著　錄	編號／【綴合】／（重見）	備　註	卜　辭
合集	13372		癸卯卜，〔穷〕，貞：寧風。
合集	30246+30258【《合補》10290】		（1）丁亥卜，其寧風方叀……大吉 （3）不遘大風。
合集	30257		……其寧，〔乎〕……大〔風〕。
合集	30259		（1）其寧風伊……
合集	30260		（1）叀甲其寧風。 （3）癸未卜，其寧風于方，又雨。
合集	32301		（10）丙辰卜，于土寧〔風〕。 （11）……土寧風。
合集	33077		（2）癸酉卜，巫寧風。
合集	34137		（1）甲戌，貞：其寧風，三羊、三犬、三豕。
合集	34138		辛酉卜，寧風，巫九豕。
合集	34139		（2）癸亥卜，于南寧風，豕一。 （3）〔癸〕亥卜，〔于〕北寧〔風，豕〕一。
合集	34140		（1）戊子卜，寧風，北巫一豕。 （2）……〔風〕……

合集	34151		乙丑，貞：寧風，于伊奭。
合集	34152		（1）弜寧風。
合補	3961（《懷特》249）		□辰〔卜〕，㱿，貞：我寧風。
屯南	1007+3787（《醉》179）		（1）乙丑貞：其寧風于伊奭。

二、帝風

（一）帝風

著　錄	編號／【綴合】／（重見）	備　註	卜　辭
合集	14225（《合補》4062、《東大》1144）		……于帝史風二犬。
合集	14226		（1）燎帝史風一牛。
合集	18915+34150+35290（《國博》98）【《合補》10605 甲、乙】		（1）庚午卜，辛未雨。 （2）庚午卜，壬申雨。允雨。 （3）辛未卜，帝風。不用。亦雨。
合集	21080		（1）帝風九豕。
合補	4069（《天理》1）		貞：帝……風……
屯南	2161		（6）辛未卜，帝風。不用，雨。

三、犧牲・風

（一）犧牲・風

著　錄	編號／【綴合】／（重見）	備　註	卜　辭
合集	13366		乙巳卜，王……燎三牛……于……不用。四日……夒風。
合集	14225（《合補》4062、《東大》1144）		……于帝史風二犬。

合集	14226		（1）𡆥帝史風一牛。
合集	14984 反（《中科院》582 反）		〔乙〕丑允用二宰〔風〕。〔註 1〕
合集	21080		（1）帝風九豕。
合集	34137		（1）甲戌，貞：其寧風，三羊、三犬、三豕。
合集	34138		辛酉卜，寧風，巫九豕。
合集	34139		（2）癸亥卜，于南寧風，豕一。 （3）〔癸〕亥卜，〔于〕北寧〔風，豕〕一。
合集	34140		（1）戊子卜，寧風，北巫一豕。 （2）……〔風〕……

〔註 1〕「丑」字上當為「乙」之殘比，「允」下應為「用」字。據《中科院》補。

陸、與田獵相關的風

一、田・風

（一）田・風

著　錄	編號／【綴合】／（重見）	備　註	卜　辭
合集	10937 反		（1）之日不田，風。
合集	21015		……〔田〕，今日不……〔風〕……不……
合集	28553		（2）翌日壬王其田，不風。
合集	28554		（1）王其田，遘大風。大吉 （2）其遘大風。吉
合集	28555		（1）翌日辛王其田，不冓〔大風〕。吉 （2）〔其〕冓大風。
合集	28556		（4）今日辛王其田，不冓大風。大〔吉〕 （5）……風……
合集	28557		……田，不冓大風，雨。
合集	28558		（1）其冓大風。 （2）辛王其田，不〔冓〕大風。
合集	28559		……田，其冓大風。
合集	28560		于……王〔其〕田，不〔遘〕大風。
合集	28677		壬王弜田，其風。
合集	29174		（1）王〔其〕田，不〔冓〕大風。
合集	29234		（1）癸未卜，翌日乙王其〔田〕，不風。大吉　茲用 （2）王𢦏田，湄日不遘大風。

合集	29236		（2）王 田，湄日不𦻏大風。
合集	29282		〔王〕其田 ，不風。
合集	37604		（1）其〔遘〕大〔風〕。 （2）戊午卜，貞：今日王其田宮，不遘大風。 （3）……〔風〕。
合集	38179		（4）戊午卜，貞：王其田□，不遘□風。
合集	38186		（1）其〔遘〕大風。 （2）壬寅卜，貞：今日王其田𦕈，不遘大風。 （3）其遘大風。 （4）乙卯卜，貞：今日王田𡧊，不遘大風。 （5）〔其〕遘〔大〕風。
屯南	0588		（5）王其田，不冓〔大〕風。

二、獵獸·風

（一）風·獸

著　錄	編號／【綴合】／（重見）	備　註	卜　辭
合集	20757		（1）己亥卜，不吕，雨獸𢦚印。 （2）庚子卜，不吕，大風，獸𢦚。

（二）風·隻

著　錄	編號／【綴合】／（重見）	備　註	卜　辭
合集	10514		（3）甲寅卜，乎鳴网雉。隻。丙辰風，隻五。 （6）之夕風。

柒、對風的心理狀態

一、不・風

（一）不風

著　錄	編號／【綴合】／（重見）	備　註	卜　辭
合集	3406 正+4907 正+《乙補》1125+無號甲+13347【《醉》340】		（1）今日其風。 （2）今日不風。
合集	10020		（5）癸酉卜，乙亥不風。 （6）乙亥其風。
合集	13344		癸未卜，㱿，貞：今日不風。十二月。
合集	13345		辛酉卜，䍙，貞：今日不風。
合集	13346 正		□未卜，䍙，貞：今日不風。
合集	13347 甲		今日其風。
合集	13347 乙		今日不風。
合集	13348		己亥〔卜〕，貞：今日不風。
合集	13349+2558+15147【《合補》319】		（1）〔今〕日不風。
合集	13373		（1）貞：其風。 （2）貞：〔不風〕。
合集	20273		辛未卜，今日王㳄，不風。
合集	21017		〔丙〕申卜，令肉伐，雨，[illegible]，不風。允不。六月。

合集	21018		（1）己亥卜，颪。 （3）辛丑卜，不颪，往……不。
合集	28259+30255【《合補》9578】		（2）湄日不颪。 （3）其颪。
合集	28552		（3）不颪。 （4）其颪。
合集	28553		（2）翌日壬王其田，不颪。
合集	28641		（5）不颪。 （6）其颪。
合集	29282		〔王〕其田[illegible]，不颪。
合集	30251		（1）不颪。吉 （2）其颪。吉
合集	30253		（1）壬不颪。 （2）其颪。
合集	30254		……不颪。
合集	30256		戊不颪。
合集	33985+34701【《甲拼》217】		（1）癸……不颪。 （2）甲午卜，今日攺。 （3）〔不〕攺。 （4）壬寅卜，甲辰雨。
屯南	4349		己亥卜，庚子又大祉，不颪。

（二）不・風

著　錄	編號／【綴合】／（重見）	備　註	卜　辭
合集	672 正+《故宮》74177【《合補》100 正】		（22）……翌癸卯帝不令風，夕陰。 （23）貞：翌癸卯帝其令風。
合集	13333 正		（1）甲申卜，㱿，貞：翌乙酉其風。 （2）翌乙酉不其風。
合集	13353		（2）……益𩰫，不𦎫風。
合集	21015		……〔田〕，今日不……〔風〕……不……
合集	24863		貞：今夕不其征〔風〕。
合集	28555		（1）翌日辛王其田，不𦎫〔大風〕。吉 （2）〔其〕𦎫大風。
合集	28556		（4）今日辛王其田，不𦎫大風。大〔吉〕 （5）……風……
合集	28557		……田，不𦎫大風，雨。
合集	28558		（1）其𦎫大風。 （2）辛王其田，不〔𦎫〕大風。
合集	28559		……田，其𦎫大風。
合集	28560		于……王〔其〕田，不〔遘〕大風。
合集	28972		（1）其遘大風。 （2）不遘小風。 （3）……小風。

合集	29108		（3）不遘大風。 （4）……風。
合集	29174		（1）王〔其〕田，不〔冓〕大風。
合集	29234		（1）癸未卜，翌日乙王其〔田〕，不風。大吉　茲用 （2）王䟽田，湄日不遘大風。
合集	29236		（2）王䟽田，湄日不冓大風。
合集	30241		不遘大風。
合集	30232（《蘇德美日》《德》88）		（1）不遘大風。
合集	30235		（1）不遘大風。 （2）其遘大風。
合集	30238		（1）不〔冓〕大風。 （2）〔其〕冓大風。
合集	30242		（2）不冓大風。 （3）其冓大風。
合集	30244（《合補》9573、《天理》550）		（2）辛其冓大風。 （3）壬王其不冓大〔風〕。
合集	30246+30258【《合補》10290】		（1）丁亥卜，其雩風方叀……大吉 （3）不遘大風。
合集	30252		（1）辛亥不冓大風。 （2）……風。
合集	30270		（1）……于盂僔，不冓大風。 （2）于翌日壬廼攸麃，不冓大風。 （3）弜翌日壬，其風。

合集	37604		（1）其〔遘〕大〔風〕。 （2）戊午卜，貞：今日王其田宮，不遘大風。 （3）……〔風〕。
合集	38179		（4）戊午卜，貞：王其田□，不遘□風。
合集	38186		（1）其〔遘〕大風。 （2）壬寅卜，貞：今日王其田𦎫，不遘大風。 （3）其遘大風。 （4）乙卯卜，貞：今日王田𡨄，不遘大風。 （5）〔其〕遘〔大〕風。
合集	38188		（1）其遘大風。 （2）不遘風。 （3）風。
合集	38189		辛丑卜，貞：今日王……不遘大風。茲〔叩〕。
合集	40347（《英藏》1099）		□戌……雨，不祉風。
合補	9572（《懷特》1417）		（1）王不遘大風。 （2）其遘大風。
屯南	0258		（2）不遘大風。 （3）其遘大風。 （7）不遘大風。
屯南	0588		（5）王其田，不冓〔大〕風。
屯南	0619		（3）不遘小風。 （4）其遘小風。 （5）不遘大風。大吉　茲用 （6）其遘大風。

屯南	2195		（2）不〔遘〕大風。
屯南	2257		（2）不遘大風。 （3）其遘大風。
屯南	3613	塗墨	（2）不遘大風。 （3）其遘大風。
屯南	4459		壬不大風。
合集	38187（《合補》11654、《東大》891）		（1）……王……〔大〕風。 （2）其遘大風。
合補	4731（《天理》435）		（3）……大風。一月。
合補	13358		其冓大風。吉
屯南	0546		其冓大風。
屯南	1745		……〔大風〕……
屯南	2395		（4）其冓大風。
屯南	2987		……〔冓〕大風……　吉

二、亡・風

（一）亡・風

著　錄	編號／【綴合】／（重見）	備　註	卜　辭
合集	775 正		（6）貞：亡來風。
合集	7369		……丙子其立中亡風。八月……亡風，易日。
合集	7370		（1）□酉卜，穷，貞：翌丙子其……立中，允亡風。
合集	7371		……〔丙子〕其立中亡風。……亡風，易日。

合集	13356		（1）其㞢風。 （2）亡風。
合集	13357		（2）癸卯卜，爭，貞：翌……〔立〕中亡風。丙子允亡〔風〕。 （3）㞢風。 （4）亡風。
合集	13358（《蘇德美日》《德》60）		□日亡風，之日宜，雨。
合集	27459		（18）癸亥卜，狄，貞：今日亡大飌。 （19）癸亥卜，狄，貞：又大飌。
合集	29908		（2）壬寅卜，雨。癸日雨，亡風……
合集	40345（《英藏》680）		（2）□□〔卜〕，爭，貞：翌丙子其立……〔風〕。丙子立中亡風，易日……
合補	4237 反		……亡風。

三、風・壱

（一）風・壱

著　錄	編號／【綴合】／（重見）	備　註	卜　辭
合集	34034（《合補》10922、《天理》533）		□未卜，若風〔壱〕……

捌、一日之內的風

一、大采・風

（一）大采・風

著　錄	編號／【綴合】／（重見）	備　註	卜　辭
合集	13377+18792+18795+《合補》2294 【《甲拼續》458、《綴彙》335】		（1）癸……旬亡〔𡆥〕……㞢七日㲋己卯〔大〕采日大𡧊風，雨。𦎧伐。五〔月〕。
合集	21021 部份+21316+21321+21016 【《綴彙》776】		（1）癸未卜，貞：旬。甲申人定雨……雨……十二月。 （4）癸卯貞，旬。□大〔風〕自北。 （5）癸丑卜，貞：旬。甲寅大食雨自北。乙卯小食大启。丙辰中日大雨自南。 （6）癸亥卜，貞：旬。一月。昃雨自東。九日辛丑大采，各云自北，雷祉，大風自西刜云，率〔雨〕，母譱日……一月。 （8）癸巳卜，貞：旬。之日巳，羌女老，祉雨小。二月。 （9）……大采日，各云自北，雷，風，茲雨不祉，隹妗…… （10）癸亥卜，貞：旬。乙丑夕雨，丁卯明雨……采日雨。〔風〕。己明启。三月。

（二）風……采

著　錄	編號／【綴合】／（重見）	備　註	卜　辭
合集	20959		□□卜……子風……采雨……六日戊……

二、中日・風

（一）中日・風

著　錄	編號／【綴合】／（重見）	備　註	卜　辭
合集	13343		（1）……中日風。

三、小采……風

（一）小采……風

著　錄	編號／【綴合】／（重見）	備　註	卜　辭
合集	21016		（1）……〔旬〕大〔風〕自北。 （2）癸亥卜，貞：旬。二月。乙丑夕雨。丁卯明雨。戊小采日雨，止〔風〕。己明啟。

四、夕・風

（一）夕・風

著　錄	編號／【綴合】／（重見）	備　註	卜　辭
合集	10514		（3）甲寅卜，乎鳴网雉。隻。丙辰風，隻五。 （6）之夕風。
合集	13338 正		（1）戊戌卜，永，貞：今日其夕風。 （2）貞：今日不夕風。

（二）夕……風

著　錄	編號／【綴合】／（重見）	備　註	卜　辭
合集	13351		貞：今夕雨。之夕攸。風。

（三）風・之夕

著　錄	編號／【綴合】／（重見）	備　註	卜　辭
合集	137 正		（2）癸卯卜，爭，貞：旬無𡆣。甲辰□大𡕥風，之夕𡆥。乙巳□奉□五人。五月。才〔𦎫〕。
合集	367 正		（2）癸卯卜，㱿，〔貞：旬亡〕𡆣。王固曰：㞢希……〔大〕𡕥風，〔之夕〕𡆥……羌五。
合集	13362 正		（2）〔癸卯卜，爭，貞：旬亡𡆣。甲辰〕大𡕥風，〔之夕〕𡆥。乙巳疛奉〔□五〕人。五月。才𦎫。

（四）風・夕・天氣

著　錄	編號／【綴合】／（重見）	備　註	卜　辭
合集	672 正+《故宮》74177（《合補》100 正）		（22）……翌癸卯帝不令風，夕陰。 （23）貞：翌癸卯帝其令風。
合集	11814+12907【《契》28】		（1）庚申卜，辛酉雨。 （2）辛酉卜，壬戌雨。風，夕陰。 （3）壬戌卜，癸亥雨。之夕雨。 （5）癸亥卜，甲子雨。 （6）……雨…… （8）己巳卜，庚午雨。允雨。

			（9）庚午不其雨。 （10）庚午卜，辛未雨。 （11）辛未不其雨。 （12）辛〔未〕卜，壬〔申〕雨。 （13）壬申不其雨。 （14）癸酉不其〔雨〕。
合集	13225+39588【《契》191】		（3）癸酉卜，𠯑，貞：翌乙亥易日。乙亥宜于水，風，之夕雨。

五、中彔……風

（一）中彔……風

著　錄	編號／【綴合】／（重見）	備　註	卜　辭
合集	13375 正		……〔壴〕……壬其雨，不……中彔〔允〕……辰亦……風。

玖、一日以上的風

一、今日・風

（一）今日・風

著　錄	編號／【綴合】／（重見）	備　註	卜　辭
合集	3406 正+4907 正+《乙補》1125+無號甲+13347【《醉》340】		（1）今日其風。 （2）今日不風。
合集	13337		（1）貞：今日其祉風。
合集	13338 正		（1）戊戌卜，永，貞：今日其夕風。 （2）貞：今日不夕風。
合集	13340		（1）□寅卜……今日風。 （2）……其風。一月。
合集	13344		癸未卜，㱿，貞：今日不風。十二月。
合集	13345		辛酉卜，允，貞：今日不風。
合集	13346 正		□未卜，允，貞：今日不風。
合集	13347 甲		今日其風。
合集	13347 乙		今日不風。
合集	13348		己亥〔卜〕，貞：今日不風。
合集	13349+2558+15147【《合補》319】		（1）〔今〕日不風。
合集	13369		丙午卜，亘，貞：今日風囚。
合集	24863		貞：今夕不其祉〔風〕。
合集	24934		丁卯卜，大，貞：今日風。

合集	24935		癸酉卜，□，貞：今日風。
合集	27459		（18）癸亥卜，狄，貞：今日亡大飌。 （19）癸亥卜，狄，貞：又大飌。
屯南	2772		（2）其寽風，雨。 （4）辛巳卜，今日寽風。

（二）今日……風

著　錄	編號／【綴合】／（重見）	備　註	卜　辭
合集	13339		丙子……芳……今〔日〕……風。一月。
合集	20273		辛未卜，今日王湔，不風。
合集	20419（部份重見《中科院》1303）		（2）辛酉卜，𠂤，貞：方其𥁕今日□風……
合集	21015		……〔田〕，今日不……〔風〕……不……
合集	21019		（1）辛未卜，王，貞：今辛未大風不隹囚。
合集	28556		（4）今日辛王其田，不冓大風。大〔吉〕 （5）……風……
合集	37604		（1）其〔遘〕大〔風〕。 （2）戊午卜，貞：今日王其田宮，不遘大風。 （3）……〔風〕。
合集	38186		（1）其〔遘〕大風。 （2）壬寅卜，貞：今日王其田𦎫，不遘大風。 （3）其遘大風。 （4）乙卯卜，貞：今日王田𡩜，不遘大風。 （5）〔其〕遘〔大〕風。
合集	38189		辛丑卜，貞：今日王……不遘大風。茲〔卬〕。

（三）……日・風

著　錄	編號／【綴合】／（重見）	備　註	卜　辭
合集	13341		（1）……日風。
合集	13342		□□卜……日風……亡災。
合集	34036		（4）丙寅卜，日風不𡆥。
合補	3963（《東大》325）		……日風。

二、湄日・風

（一）湄日・風

著　錄	編號／【綴合】／（重見）	備　註	卜　辭
合集	28259+30255【《合補》9578】		（2）湄日不風。 （3）其風。

三、翌・風

（一）翌・風

著　錄	編號／【綴合】／（重見）	備　註	卜　辭
合集	672 正+《故宮》74177【《合補》100 正】		（22）……翌癸卯帝不令風，夕陰。 （23）貞：翌癸卯帝其令風。
合集	3971 正+3992+7996+10863 正+13360 +16457+《合補》988+《合補》3275 正+《乙》6076+《乙》7952【《醉》150】		（6）乙未卜，爭，貞：翌丁酉王步。丙申𡆥（饗）丁酉大𩑛風。十月。 （10）翌□辰□其征雨。 （11）不征雨。

合集	7370		（1）□酉卜，穷，貞：翌丙子其……立中，允亡風。
合集	13225+39588【《契》191】		（3）癸酉卜，吕，貞：翌乙亥易日。乙亥宜于水，風，之夕雨。
合集	13333 正		（1）甲申卜，殸，貞：翌乙酉其風。 （2）翌乙酉不其風。
合集	13334		（2）翌壬戌其雨。壬戌風。
合集	13354		（1）貞：翌丙子其㞢〔風〕。
合集	13355		（2）貞：翌丙子其㞢風。
合集	13357		（2）癸卯卜，爭，貞：翌……〔立〕中亡風。丙子允亡〔風〕。 （3）㞢風。 （4）亡風。
合集	13374		□□卜，翌□寅攸……風。
合集	13383		（1）甲子卜，□，翌乙〔丑〕攸。乙〔丑〕風。 （2）乙丑卜，□，翌丙寅攸。〔丙寅風〕。
合集	13874 反乙（《合補》4029 反）		（1）翌乙□風。
合集	21011		（2）乙卯卜，翌丁巳其大風。
合集	21012+21863【《醉》262】		（2）乙卯卜，翌丁巳其大風。
合集	21320		（2）……翌己其令風不。
合集	28553		（2）翌日壬王其田，不風。
合集	28555		（1）翌日辛王其田，不冓〔大風〕。吉 （2）〔其〕冓大風。
合集	29234		（1）癸未卜，翌日乙王其〔田〕，不風。大吉　茲用 （2）王𢦏田，湄日不遘大風。

合集	30270		（1）……于盂僔，不冓大風。 （2）于翌日壬廼攸麋，不冓大風。 （3）弜翌日壬，其風。
合集	40345（《英藏》680）		（2）□□〔卜〕，爭，貞：翌丙子其立……〔風〕。丙子立中亡風，易日……

四、風・月

（一）風・月

著　錄	編號／【綴合】／（重見）	備　註	卜　辭
合集	137 正（《國博》36 正）		（2）癸卯卜，爭，貞：旬無𡆥。甲辰□大㚇風，之夕㞢。乙巳□奉□五人。五月才〔𦎫〕。
合集	7369		……丙子其立中亡風。八月……亡風，易日。
合集	10863 正【《醉》150】		（6）乙未卜，爭，貞：翌丁酉王步。丙申㞢（饗）丁酉大㚇風。十月。
合集	13049		（1）……〔風〕。七月。
合集	13335		己酉風。十月。
合集	13336		……風。〔十月〕。
合集	13339		丙子……芳……今〔日〕……風。一月。
合集	13340		（1）□寅卜……今日風。 （2）……其風。一月。
合集	13344		癸未卜，㱿，貞：今日不風。十二月。
合集	13360		丁酉大㚇風。十月。

合集	13362 正		(2)〔癸卯卜，爭，貞：旬亡𡆥。甲辰〕大𩵣風，〔之夕〕𡆥。乙巳疫奉〔□五〕人。五月。才𦎫。
合集	13377+18792+18795+《合補》2294【《甲拼續》458、《綴彙》335】		(1) 癸……旬亡〔𡆥〕……㞢七日𪓑己卯〔大〕采日大𩵣風，雨。𩰫伐。五〔月〕。
合集	20198		(1) 丁未卜，令𠤳𣪊……風。七〔月〕。
合集	21013		(2) 丙子隹大風，允雨自北，以風。隹戊雨。戊寅不雨。𠦪曰：征雨，〔小〕采𠂤，兮日陰，不〔雨〕。庚戌雨陰征。□月。
合集	21016		(1) ……〔旬〕大〔風〕自北。 (2) 癸亥卜，貞：旬。二月。乙丑夕雨。丁卯明雨。戊小采日雨，止〔風〕。己明啟。
合集	21017		〔丙〕申卜，令肉伐，雨，𩁹，不風。允不。六月。
合集	21021		(4) 癸亥卜，貞：旬。一月。昃雨自東。九日辛未大采，各云自北，雷征大風自西，刜云率〔雨〕，母𥄲日…… (7) ……大采日，各云自北，雷，風，〔幺〕雨不征，隹好……
合集	24369		(2) 癸卯卜，行，貞：風日叀𡆥。才正月。 (3) 貞：弜風。
合集	40341（《英藏》1101）		(1) 丙申卜，翌丁酉酓伐，攸。丁明陰，大食日攸。一月。
合集	40344（《英藏》1100）		……風……陰。十二月。
合補	3968（《懷特》248）		……風……陰。一月。
合補	4731（《天理》435）		(3) ……大風。一月。

拾、描述風之狀態變化

一、允・風

（一）允・風

著　錄	編號／【綴合】／（重見）	備　註	卜　辭
合集	1166 甲		（2）三……㞢……㚇風□允。
合集	7370		（1）□酉卜，穷，貞：翌丙子其……立中，允亡風。
合集	13357		（2）癸卯卜，爭，貞：翌……〔立〕中亡風。丙子允亡〔風〕。 （3）㞢風。 （4）亡風。
合集	21017		〔丙〕申卜，令肉伐，雨，[illegible]，不風。允不。六月。

拾壹、混和不同天氣的風

一、風・雨

（一）風・雨

著　錄	編號／【綴合】／（重見）	備　註	卜　辭
合集	685 反		（3）王固曰：陰，不雨。壬寅不雨，風。
合集	10308+13331【《合補》2591 遙綴】		（2）丙戌卜，穷，貞……雨𠶷。風，不……
合集	10372		……王夲𡳿㰇……㞢九。之四……〔雨，風〕……
合集	12921 反		（3）壬辰允不雨。風。
合集	13225+39588【《契》191】		（3）癸酉卜，㕣，貞：翌乙亥易日。乙亥宜于水，風，之夕雨。
合集	13330		己丑卜，穷，貞：雨。庚寅風。
合集	13334		（2）翌壬戌其雨。壬戌風。
合集	13351		貞：今夕雨。之夕攺。風。
合集	30393		（3）𩾽風叀豚，又大雨。
合集	34040（《中科院》1546）		（1）壬午卜，癸□〔雨〕。允雨，風。
合補	3964（《懷特》247）		……其入雨……風多……
屯南	0769		……風京霸雨。
屯南	1250		□□，貞……〔風〕于……〔雨〕。允□。
屯南	3153		（1）丁雨，風……
屯南	3271		……風……雨……

二、風·雪

（一）風·雪

著　錄	編號／【綴合】／（重見）	備　註	卜　辭
屯南	0769		……風京霚雨。
村中南	426	「京」下一字，似「雪」字之上部。	丙子卜……風京〔雪〕……[註1]

三、風·陰

（一）風·陰

著　錄	編號／【綴合】／（重見）	備　註	卜　辭
合集	685 反		（3）王固曰：陰，不雨。壬寅不雨，風。
合集	11814+12907【《契》28】		（1）庚申卜：辛酉雨。 （2）辛酉卜：壬戌雨。風，夕陰。 （3）壬戌卜：癸亥雨。之夕雨。 （5）癸亥卜：甲子雨。 （6）……雨…… （8）己巳卜：庚午雨。允雨。 （9）庚午不其雨。 （10）庚午卜：辛未雨。 （11）辛未不其雨。

〔註 1〕釋文據朱歧祥：《釋古疑今——甲骨文、金文、陶文、簡文存疑論叢》第十六章　殷墟小屯村中村南甲骨釋文補正，頁 350～351。

			（12）壬〔申〕雨。 （13）壬申不其雨。 （14）癸酉不其〔雨〕。
合集	13382		……風……陰……

四、風・啟

（一）風・啟

著　錄	編號／【綴合】／（重見）	備　註	卜　辭
合集	13351		貞：今夕雨。之夕攼。風。
合集	13374		□□卜，翌□寅攼……風。
合集	13383		（1）甲子卜，□，翌乙〔丑〕攼。乙〔丑〕風。 （2）乙丑卜，□，翌丙寅攼。〔丙寅風〕。

五、風・雷

（一）風・雷

著　錄	編號／【綴合】／（重見）	備　註	卜　辭
合集	40346（《英藏》1852）		戊……各云，自……風，雷……夕己……
合集	21021 部份+21316+21321+21016 【《綴彙》776】		（1）癸未卜，貞：旬。甲申人定雨……雨……十二月。 （4）癸卯貞，旬。□大〔風〕自北。 （5）癸丑卜，貞：旬。甲寅大食雨自北。乙卯小食大啟。丙辰中日大雨自南。 （6）癸亥卜，貞：旬。一月。昃雨自東。九日辛丑大采，各云自北，雷征，大風自西刜云，率〔雨〕，母譱日……一月。

			(8) 癸巳卜，貞：旬。之日巳，羌女老，延雨小。二月。 (9) ……大采日，各云自北，雷，風，茲雨不延，隹蜍…… (10)癸亥卜，貞：旬。乙丑夕雨，丁卯明雨……采日雨。〔風〕。己明啟。三月。

拾貳、卜風之辭

一、風

著　錄	編號／【綴合】／（重見）	備　註	卜　辭
合集	432 反		（2）貞……〔風〕……
合集	1248 反（《合補》60 反甲）		（7）乙未王窒風。
合集	3217 反		（10）〔貞〕……〔風〕……
合集	5659		□酉卜，王，貞……卜巫絴三……風一……
合集	10131		（2）貞：茲風不隹孽。
合集	10743		（2）……〔風〕，不……
合集	12907		（1）辛……壬……風……
合集	12986 反		（2）……風希。
合集	13105 反		（2）［風］示二十。（甲橋刻辭）
合集	13218 反		（1）……風。
合集	13332（《蘇德美日》《德》59）		（1）丙戌卜，穷，貞……風，不步……
合集	13350		（1）庚子……之日風。
合集	13352（《合補》3963）		〔冬〕日風。
合集	13368		（1）〔貞〕：勿虫于……風。
合集	13370		……風不隹囚。
合集	13371		□□〔卜〕，爭，貞：茲〔風〕……
合集	13376 正		（2）癸□卜，內，貞：旬庚□□風。

合集	13378		癸……風……
合集	13379		□亥……風。
合集	13380		……風。
合集	13381		（1）……須風。 （2）……〔風〕。
合集	14294		（1）東方曰析風曰劦。 （2）南方曰因風曰㞷。 （3）西方曰柬風曰彝。 （4）〔北方曰〕伏風曰㰤。
合集	13034+14295+3814+《乙》4872+13485+《乙》5012【《醉》73】		（1）辛亥，內，貞：今一月帝令雨。四日甲寅夕乙卯，帝允令雨。 （2）辛亥卜，內，貞：今一月帝不其令雨。 （3）辛亥卜，內，貞：帝于北方曰夗，風曰役，桒年。一月。 （4）辛亥卜，內，貞：帝于南方曰髟，風夷，桒年。 （5）貞：帝于北方曰夗，風曰役，桒年。 （6）貞：帝于東方曰析，風曰劦，桒年。 （7）貞：帝于西方曰析，風曰彝，風曰韋，桒年。
合集	14519		（2）……風。
合集	16628		（6）……風……
合集	16809		（2）……囚。戊午風。
合集	18343		〔風〕。
合集	19769		（2）……風……化隹……北西……大云……
合集	20769		（1）甲辰卜，翌令蓺廬濿堯。

合集	22030		凡風𰀀。
合集	28673		（2）……王其……風。
合集	28997		（1）戊辰……風。
合集	29175（《合補》8995、《天理》558）		（2）其風。吉
合集	30133		（7）……風。
合集	30261		……風。
合集	30262		（2）……風。
合集	30263		……風。
合集	30264		……風。
合集	30265		……風。
合集	30807+30806【《綴續》439】		（1）□乙卯……風。
合集	34033		……其風。
合集	34035		（3）□卯其風。
合集	34037		……風……
合集	35302		須風。
合集	36961+《續》3.30.7【《合補》11142 甲、乙】		（2）□亥王卜，才風，貞：步于危，亡災。
合集	37527		（3）□風。〔茲〕卬。
合集	38190（《中科院》1779）		（2）……風。
合補	574		（2）……風……希。
合補	2116 反+《東文庫》57 反【《甲拼續》545 則】		……子……風……

合補	2829 反		凬。
合補	3962		……凬……
合補	3965		……凬……
合補	6373 反		……貞……凬……
合補	6546		……〔凬〕……𠬝……
合補	9571		其凬。
屯南	0823		……凬。
屯南	1054		（7）甲〔午〕，貞：其𣪘，〔凬〕。
屯南	1392		……〔凬于〕……
屯南	3154		（1）……凬……
屯南	4375		（5）□凬。
中科院	529 正		……凬……
中科院	530		貞：〔凬〕……
東大	326		……勿……凬。
東大	327		……凬……易。
英藏	01098		……凬。
蘇德美日	《德》14 反（《合集》2427）	《合集》未收反片	……巳凬……用。

二、遘・凬

著　錄	編號／【綴合】／（重見）	備　註	卜　辭
合集	13353		（2）……益𠭯，不冓凬。

合集	28554		（1）王其田，遘大風。大吉 （2）其遘大風。吉
合集	28555		（1）翌日辛王其田，不冓〔大風〕。吉 （2）〔其〕冓大風。
合集	28556		（4）今日辛王其田，不冓大風。大〔吉〕 （5）……風……
合集	28557		……田，不冓大風，雨。
合集	28558		（1）其冓大風。 （2）辛王其田，不〔冓〕大風。
合集	28559		……田，其冓大風。
合集	28560		于……王〔其〕田，不〔遘〕大風。
合集	28972		（1）其遘大風。 （2）不遘小風。 （3）……小風。
合集	29108		（3）不遘大風。 （4）……風。
合集	29174		（1）王〔其〕田，不〔冓〕大風。
合集	29234		（1）癸未卜，翌日乙王其〔田〕，不風。大吉　茲用 （2）王𢦏田，湄日不遘大風。
合集	29236		（2）王𢦏田，湄日不冓大風。
合集	30231		（1）其遘大風。
合集	30232（《蘇德美日》《德》88）		（1）不遘大風。
合集	30233		□遘大風。

合集	30234		其遘小風。
合集	30235		（1）不遘大風。 （2）其遘大風。
合集	30236		其遘大風。
合集	30237		其遘大風。
合集	30238		（1）不〔冓〕大風。 （2）〔其〕冓大風。
合集	30239（《安明》1924）+《屯南》815【《甲拼》173】		（5）其冓大風。
合集	30240		其〔遘〕□風。
合集	30241		不遘大風。
合集	30242		（2）不冓大風。 （3）其冓大風。
合集	30243		（1）其冓大風。
合集	30244（《合補》9573、《天理》550）		（2）辛其冓大風。 （3）壬王其不冓大〔風〕。
合集	30246+30258【《合補》10290】		（1）丁亥卜，其雩風方叀……大吉 （3）不遘大風。
合集	30249		（1）叀乙冓〔風〕。
合集	30250		（2）……冓〔風〕。
合集	30252		（1）辛亥不冓大風。 （2）……風。

合集	30270		（1）……于盂僼，不冓大風。 （2）于翌日壬廼攸麃，不冓大風。 （3）弜翌日壬，其風。
合集	37604		（1）其〔遘〕大〔風〕。 （2）戊午卜，貞：今日王其田宮，不遘大風。 （3）……〔風〕。
合集	38179		（4）戊午卜，貞：王其田□，不遘□風。
合集	38186		（1）其〔遘〕大風。 （2）壬寅卜，貞：今日王其田𢀛，不遘大風。 （3）其遘大風。 （4）乙卯卜，貞：今日王田㝉，不遘大風。 （5）〔其〕遘〔大〕風。
合集	38187（《合補》11654、《東大》891）		（1）……王……〔大〕風。 （2）其遘大風。
合集	38188		（1）其遘大風。 （2）不遘風。 （3）風。
合集	38189		辛丑卜，貞：今日王……不遘大風。茲〔卯〕。
合補	9572（《懷特》1417）		（1）王不遘大風。 （2）其遘大風。
合補	13358		其冓大風。吉
屯南	0258		（2）不遘大風。 （3）其遘大風。 （7）不遘大風。

屯南	0619		（3）不遘小風。 （4）其遘小風。 （5）不遘大風。大吉　茲用 （6）其遘大風。
屯南	2195		（2）不〔遘〕大風。
屯南	2257		（2）不遘大風。 （3）其遘大風。
屯南	2987		……〔冓〕大風……　吉
屯南	3613	塗墨	（2）不遘大風。 （3）其遘大風。
蘇德美日	《德》297		……其遘大風。

第六章　甲骨氣象卜辭類編——雷卜辭彙編

第一節　雷

貳、表示時間長度的雷

一、𣪊雷

（一）𣪊雷

著　錄	編號／【綴合】／（重見）	備　註	卜　辭
合集	13216 反		（1）□未……雨，中日𢼄……酘□既陟……𣪊雷。

參、對雷的心理狀態

一、令雷

（一）令雷

著　錄	編號／【綴合】／（重見）	備　註	卜　辭
合集	14127 正		（1）貞：帝其及今十三月令雷。 （2）帝其于生一月令雷。
合集	14128 正		（1）癸未卜，爭，貞：生一月帝其㢙令雷。 （2）貞：生一月帝不其㢙令雷。
合集	14129 反	（4）朱書	（4）弗其今二月雷。 （5）王固曰：帝隹今二月令雷，其隹丙不〔令〕羽。隹庚其吉。吉。 （6）王固曰：吉，其雷。
合集	14129 正【《醉》169】		（3）壬申卜，㱿，貞：帝令雨。 （4）貞：及今二月雷。
合集	14129 反【《醉》169】		（5）貞：帝不其令雨。 （6）貞：弗其今二月雷。 （7）王固曰：帝隹今二月令雷，其隹丙不吉，羽。隹庚其吉。 （8）王固曰：吉，其雷。
合集	14130 正		（1）〔貞〕：帝其令〔雷〕。
合集	14131		……令雷。
合集	19638+11746+14131+《乙補》181【《醉》328 反】		……令雷……其隹丙……

肆、一日之內的雷

一、大采・雷

（一）大采……雷

著　錄	編號／【綴合】／（重見）	備　註	卜　辭
合集	11501+11726【《合補》2813、《綴集》83】		……䒭。大采絡云自北，西單雷……〔小〕采日，鳥晴。三月。
合集	21021		（4）癸亥卜，貞：旬。一月。昃雨自東。九日辛未大采，各云自北，雷征大風自西，刜云率〔雨〕，母蕭日…… （7）……大采日，各云自北，雷，風，〔幺〕雨不征，隹好……

伍、混和不同天氣的雷

一、雷・雨

（一）雷・雨

著　錄	編號／【綴合】／（重見）	備　註	卜　辭
合集	1086 反		（2）壬戌雷，不雨。 （3）四日甲子允雨。雷。
合集	13406		癸巳卜，古，貞……雨雷。十月。才□。
合集	13407 反		乙巳〔卜〕，穷，貞：茲雷其〔雨〕。
合集	13408 正		〔丙〕子卜，貞：茲雷其雨。
合集	13417		（1）……七日壬申雷，辛巳雨，壬午亦雨。

二、雲・雷

（一）雲・雷

著　錄	編號／【綴合】／（重見）	備　註	卜　辭
合集	11501+11726【《合補》2813、《綴集》83】		……䒼。大采格云自北，西單雷……〔小〕采日，鳥晴。三月。
合集	13418		……羞……云〔雷〕……

三、雲·雷·風

（一）雲·雷·風

著　錄	編號／【綴合】／（重見）	備　註	卜　辭
合集	40346（《英藏》1852）		戊……各云，自……風，雷……夕己……

四、雲·雷·風·雨

（一）雲·雷·風·雨

著　錄	編號／【綴合】／（重見）	備　註	卜　辭
合集	21021 部份+21316+21321+21016 【《綴彙》776】		（1）癸未卜，貞：旬。甲申定人雨……雨……十二月。 （4）癸卯貞，旬。□大〔風〕自北。 （5）癸丑卜，貞：旬。甲寅大食雨自北。乙卯小食大啟。丙辰中日大雨自南。 （6）癸亥卜，貞：旬。一月。昃雨自東。九日辛丑大采，各云自北，雷征，大風自西刜云，率〔雨〕，母蕭日……一月。 （8）癸巳卜，貞：旬。之日巳，羌女老，征雨小。二月。 （9）……大采日，各云自北，雷，風，茲雨不征，隹蜍…… （10）癸亥卜，貞：旬。乙丑夕雨，丁卯明雨……采日雨。〔風〕。己明啟。三月。

陸、卜雷之辭

一、雷

著　錄	編號／【綴合】／（重見）	備　註	卜　辭
合集	13409		……雷其……
合集	13411		□〔酉〕卜……雷……
合集	13412 正		……□雷……
合集	13413		□□卜，貞：告雷于河。
合集	13415		□□〔卜〕，〔穷〕，貞：雷不隹囚。
合集	13419		□□卜，貞：今己亥雷不〔隹〕……
合集	14127 反		（3）……雷，其隹……
合集	14129 正		（2）貞：及今二月雷。
合集	19360		……〔𠂤〕牛于……雷。
合集	19638		（2）……雷……
合集	19638+11746+14131+《乙補》181【《醉》328 正】		（2）……雷……
合集	19657		……日……乎飲……雷。
合補	3972		（1）貞……雷……